JN272306

ゆうなの花の季と

伊波敏男

人文書館
Liberal Arts Publishing House

カバー装画
根本有華
『夏空に浮かぶ』
2007年

大扉装画
根本有華
『ささげる花』
2007年

ゆうなの花の季と

時の中に埋もれて――はじめに

わたしもしぶとく六四歳を迎えるまで生き延びてきた。この年回りになるとそろそろ自分の人生を振り返り、その加減乗除に取りかかる用意をしなければならない。

余分な加算でわが身を飾り立て、身の丈以上の背伸びをしてはいなかっただろうか？　躓いたあのときのできごとを、いつまでも、その悲嘆を冷凍したまま、胸の内にしまい込んではいないだろうか？

人生の中で浴びたスポットライトを、身振り手振りを加えて、大仰に語ってはいないだろうか？　そして、何よりも、己が身に降りかかった病気や別れを重箱に並べたて、人様に大見得を切ってはいないだろうか？

さてさて、できるだけ心を穏やかにして、わが人生をなぞってみようとしたが、なかなか、その平常心が保てないのである。投げられた「ハンセン病」という大網は、結構、しぶとくわたしの人生にからみついていることに気づかされる。四〇年前、ハンセン病回復者を名乗り、普通に生きて来たつもりのわたしでさえそうである。ましてや、身を潜めるように生きてきた、ハンセン病の烙印を押された者やその縁者にとっては、まだとても、ハンセン病のしがらみから抜けだし、最終章を閉じるまでにはなっていない。

「秘して語らず」。これは、ハンセン病と関わりを持った者が、この国で生きるための鉄則であった。しかし、その人たちの悲しみは、癒されることもなく、時の中に埋もれようとしている。

日本のハンセン病問題は、一九九六（平成八）年の「らい予防法」廃止、二〇〇一（平成一三）年の熊本判決、政府の控訴断念と劇的な展開を見せた。しかし、この社会政策の軌道修正は、まだまだ、この国の社会意識を突き崩すまでには至っていない。

わたしは熊本地裁判決の翌日、二〇〇一年五月一二日の毎日新聞紙上で、このように呼びかけた。

「人間としての尊厳を打ち砕かれ、この病気を背負った不運を嘆き続けた人たちと家族よ。この国の民として生きることが今日から始まる。さあ視線を落とさず胸を張ろう！」と。

あれから六年が経過した。しかし、この「ゆうなの花の季と」も、ハンセン病に翻弄させられた人たちの悲しみは、一部の章をのぞきフィクションの手法でしか書くことはできなかった。個別の事実をそのままに書くことは、未だに許容範囲を超えてしまうのである。したがって、ひとつひとつのストーリーには、真実の核を内包しながら、どのようにしたら特定のモデルや場所を消すことができるか、に心を配りながら書くことが求められた。

「伊波さん、何も終わっていません。声を出せる当事者が語り続けるしかありません。これネー、わたしが訳しました。巷で歌われている『マイ・ウェイ』とは、少しばかり違いますが、あなたへの応援歌です」

ハンセン病医療にその全生涯をかけて来られた、犀川一夫《さいかわかずお》医師（前沖縄県ハンセン病予防協会理事長）の大きな声が耳元で響く。

人生の最後の幕が下りるこの時
友よ、これだけは知っておいてほしい
私が充実した人生を精一杯生き
何よりも信じるままに歩んで来たことを
いま、語り残すほどの悔いはない
自分に課せられた役割をすべて果たし
そして何よりも、信じるままに生きて来た
覚えているね、私が背伸びしていたことを
しかし、逃げることなく、力を尽くし
いつも真正面から立ち向かった
心の信じるままに

男として生まれたからには
信じる道がなくて何の人生だろう
人におもねず、信念を貫き

そのために逆風が吹いても
私は信じるままに生きて来た

書き進めているうちに、わたしは全編をつなぐある不思議な共通項に気づかされた。
それはわたしが訪ね歩いて書きとめた「ハンセン病」が、いつも「死」に寄り添いながら存在していたことである。その「死」とはハンセン病を病死と結びつけた懼《おそ》れではない。社会から与えられる「烙印」への恐怖が、「死」へと誘うのである。それは、病人だけでなく近親者も巻き込んで行った。では、この病気に関わった世界には、もう救いを見つけることはできないのだろうか。いやそれでも、もう一度、この国に生きている人たちを信じたいと思う。なぜなら、ヒトが作り出した過ちは、人間しか軌道修正はできないからです。

二〇〇七年　初春

著　者

なお、本書の一部で時代考証と固有名詞にかかわる表記を「らい（癩）」としているが、現在、同病の用語表記は、すべて「ハンセン病」で統一されている。

目次

ゆうなは咲いたか

私の生まれ島は沖縄
その島の朝露を浴び　南の陽光をもらい受けながら
ゆうなは黄色の花弁を開く
しかし　一日花　夕陽に引かれるように
身もだえしながら花の命を閉じる

沖縄本島のヤンバルの左肩あたりに付く屋我地島《やがじじま》
その突き当りは東シナ海
その海辺の大堂原《うふどうばる》は
ハンセン病者たちが棄てられ　寄り添った地
その海辺に開くゆうなは　特に色を競いながら花弁を開くという
まるで　病人たちの忍び泣きを
一輪一弁に抱きとめているかのように

あのゆうなの木々は
今年も　また　鮮やかな花をつけたのだろうか
でも　やはり　陽が落ちるのを待ちかねたように
色香の生涯を終えたのだろうか

ゆうなの花

一日花

大阪市大正区の名前はよく耳にはしていたが、足を踏み入れるのは初めてであった。ここはまさにリトル沖縄である。三線の音が流れる沖縄料理店の一室では、兵庫県沖縄県人会世話人会とわたしも加わっての宴席がたけなわであった。年次総会を滞りなくすませ、皆さんの泡盛のやりとりも沖縄方言を交わしながらにぎやかであった。なぜ、この席にわたしがはべっているかというと、総会記念講演へのお礼のお招きであった。

献杯を飲み干すのを待っていたかのように、事務局の大嶺さんが、わたしの背中をトントンとたたき小声で話しかけてきた。

「先生にどうしてもお会いしたいと、会員の山城さんが階下でお待ちですが、どういたしましょうか」

「そうですか、すぐ、降りていきますから、ちょっとお待ちいただけますか？」

階段を降りる足に酔いの巡りを感じていた。こういう席で足を踏みはずすなどという失態を引き起こしてはならないという意識は、しっかり保っていた。手すりに身をあずけながらゆっくりと降りた。

「すみません。こんな席にまで押しかけまして。わたし山城富江と申します」

張りのある声の主は、店の上がりかまちに待つ五〇代のご婦人だった。

「先生、これからの今晩のご予定をお聞きしてよろしいでしょうか」

「詳しくは知らされておりませんが、二次会、三次会の話をしていましたので、今晩は覚悟しています」

「そうですか……」

なぜだか、そのご婦人は気落ちした様子を見せた。

「どういうご用件でしょうか」

「今日の講演をお聞きしまして、それと関係する話ですが、先生にゆっくりお聞きしたいことがありましたので」

「今晩は、さきほどお話いたしましたように、とてもその時間はとれそうにありませんね。もし、よろしければ、明日はホテルをゆっくり出るようにしていますから。夕方の五時から尼崎で用事がありますが、それまでは予定はありません」

「よろしいですか？　ご迷惑でなければ、ぜひ、お願いいたします。あのー、ホテルはどちらでしょうか？」

「甲子園都ホテルです」

「あー、あの甲子園球場のまん前にある」

「明日は一一時半の特に遅いチェックアウトをお願いしていますので、その頃でしたらお約束できますが」

「明日の一一時半ですね。ロビーでお待ちしたらよろしいですか。主人と二人でお伺いいたします」


チェックアウトすると、待ち構えたように山城夫妻から挨拶を受けた。

「おはようございます。お言葉に甘えて参りました。主人です」

奥さんとは対照的とも思える痩身で神経質そうなご主人が、深々と頭をさげ名刺を差し出された。

「家内が無理なお願いをしまして誠に相済みません」

わたしもあわてて名刺を手交した。

S女子大学日本語日本文学科教授山城徳真の名刺だった。

「文学を教えられているのですか？　教授はどの時代がご専門ですか」

「中世文学です。ロビーで立ち話も何んですから。いかがでしょう、お昼でもご一緒に。都ホテルは学会で二、三度利用したことがあります。このホテルに白鳳という広東料理の店がありますから、そこでしたらゆっくりできます。先生、中華料理はいかがですか。もし、よろしければそこで？」

「えー、結構です」

目を直視しながら物静かに語るその話し方に、この人の実直さが窺えた。

「昨晩はあのメンバーでしたら、お帰りは遅かったのではないですか？」

「久しぶりに不良の帰還になりました」

まだ、ランチタイムには少し間があり、奥の席に案内される。

「先生、おビールでよろしいでしょうか」

「そんなにはいただけませんが、乾杯程度なら」

目の前のランチセットは、二日酔いの胃袋には少々過酷な責苦であったが、ふたりのテンポに遅れないように口に運んだ。

「山城さんは沖縄出身ですか」

「はい、国頭のH村出身です。家内も同郷です」

「お若いですが、何年生まれですか？」

「一九四九年生まれです。もう五一歳になりました」

「いやー、お若い。失礼ですが、奥さんは？」

「わたしは主人と同じ高校の二年後輩です。わたしたちにもN高校の同窓会紙が送られてきますが、先生、N高校でも講演なさったのですね」

「えー、そう、ですか？　おふたりともN高校出身ですか。あの講演には、わたし格別な印象があります。校長からの依頼に、わたしずいぶん失礼な条件を出したのですよ」

「どのような条件を出されたのですか？」

乾杯で飲み干したつもりのコップに、奥さんは新たにビールを注ぎながら聞いた。

「講演後の感想文を書かせない。そのことを生徒に事前に知らせてくださいと、特別授業の一環としての講演会でしょう。実はこれかなり無理な注文なのです。言い出したわたし自身、後で後悔したのですが、それを了承してくれたのです」

「あのー、先生よろしいですか。どうして、感想文がいけないのでしょうか？　では、先生たちは生徒の感想をどのようにして把握するのでしょうか？」

「まさに、そのことです。わたしねー、いろんな高校で講演をして、講演後の感想文も目にしていますと、感想文の書き方にもあるパターンがあることに気づいたのです。このように書けば及第点が取れる。学校が求めている書き方をすべて読みこんだ上で、まとめるのです。そのようなことでは人の話を聞く心は育ちません。あっ、これ、教育現場批判になってしまいますねー、山城教授も現役なのに」

「聞く前に、起承転結を構成して、パズルをはめ込んでいく。いやー、耳が痛い話ですが、全く同感です。共感や感動を獲得するには、心の中をゆっくりくりぐらす時間が必要なのです。教える側もつい手軽な方法で、学生とキャッチボールをしようとするものです」

「なるほど、講演を聞いて教室に帰り、さー、まとめなさいでは、そうですよねー。何事も熟成させる時間が必要ですね」

「えー……、山城さん、ところで肝心なお話ですが」

ジャスミン茶をそれぞれの茶碗に注ぎ終わった奥さんが居ずまいをただした。

「実はわたしの従兄弟の消息についてですが、……。このところずっと思案していることがありました。先生にお聞きすれば、あるいはと、考えたものですから……」

「昨日の講演と関係する話でしょうか？　ところで、その方、おいくつですか？」

「確か、一九三九（昭和一四）年生まれですから、六一歳だと思います」

「わたしより四歳上ですね」

「その従兄弟の事ですが、村役場に勤め出してとても張り切っていましたのに、突然、いなくなったのです。その頃、わたしは小学四年生でしたが、従兄弟兄さんは、わたしをとてもかわいがってくれました。叔父さん家族もそれから一年後、ボリビアに移民していきました。普通移民していく人たちは、二、三男の家か、土地財産のない家がほとんどでしたが、叔父さんの家は長男で、村では比較的裕福な方でした。なぜか、仏壇も土地財産もわたしの父が引き継いだのです」

「それ、いつのことですか？」

「一九六〇年です。わたし大好きな従兄弟兄さんのことですから、父にすぐに尋ねました。―善治ニィニィ（お兄さん）、どこにいった？　―と。父からとても短い言葉が返されました。―病気で病院に行った―。でも、そのニィニィがなかなか病院から戻ってこないでしょう？　わたしはまた聞いたのです。―お父さん、ニィニィの病気まだ治らないの？　ニィニィいつ帰ってくるの？　―。父はとても怖い顔をして、―まだ、まだ―と言うばかりでした」

「その家族がボリビアへ行くとき、その従兄弟さんは？」

「村をあげての壮行会のひな壇席にニィニィの姿はありません。叔父さん一家がボリビアに出発する前日の、親戚だけの席にも現れないし……。わたし心配で、心配で……、―ねー、お父さん、善治ニィニィに早く知らせてあげないと、ニィニィひとりぼっちになってしまうよー―。泣きじゃくりながらそう言ったのです。そうすると、父はとても悲しそうな顔をして、わたしをギュッと抱きしめました」

「その後の従兄弟さんからの音信は？」

「いーえ、ありませんでした。それから三年後の中学校一年生の時ですが、村の共同売店でおばさんたちが小声で話しているのをわたし耳にしたのです。―山田善治が……―と、この村で山田姓はわたしたちの親類だけですし、善治？　アッ、それ、善治ニィニィのことだ。しばらくして、両親のヒソヒソ話しも盗み聞きしてしまったのです。―ゼンジ……。ヤ・ガ・ジ―」

「ヤガジって、何を意味しているかお分かりでしたか？」

「いーえ、分かりません。ただ善治ニィニィが、まだ、沖縄に居ることだけは確信しました。それで、夏休みになりましたので、わたしは思い切って、父に尋ねてみました。―善治ニィニィ、まだ病気は治らないの？　沖縄に居るの？　どこの病院に入院しているの？　わたしお見舞いに行きたい―」

富江さんは身を固くしながらつづけた。

「父が真っ赤な顔をしたと思ったら、いきなり平手打ちが飛んできました。わたしはこれまで一度も、父から暴力を振るわれたことがなかっただけに、びっくりしてしまいました」

まるでその痛みを確かめでもするように左頰をさすった。

「――善治のことはもう聞くな！　――あんなに優しい父が、どうして、わたしを叩くの？……。わたしはただくやしくて、部屋に逃げ込んで泣きじゃくっていました。泣くだけ泣きはらすと、少しずつ気持ちが静まってきました。そして、あることに行き着いたのです。あんなに父が激怒するのだから、これにはきっと理由がありそうだ。善治ニィニィのことは、口にしてはいけないことだ。と」

富江さんからその続きの言葉が出なかった。テーブルの上の奥さんの手に、自分の手を軽く重ねながら、山城教授が話を引き取った。

「県人会からのお知らせで、講演の案内を見た家内は、伊波先生の本を買い求めて来たのです。家内が血相を変えて書斎に駆け込んで来ましてねー。――あなた！　あなた、ここ見て！　このページよ。ヤガジは、屋我地島のことよ！　善治ニィニィは、ここよ。善治ニィニィの病気とは、ハンセン病だったかも知れない。――と言い出したのです。それで、失礼にも講演会の後、押しかけたという訳です」

「その方の消息が絶たれた時は、お伺いした限りでは、もう成年に達しておりますね、もし、ハンセン病療養所に入所したと仮定しますと、療養所内の青年舎で療養することになります。わたしが生活していたのは少年舎でしたから、その方とは日常的に顔を合わせることはほとんどありません。その善治さんですか、一九六〇年のいつから姿が見えなくなったのですか？」

「エイサー（沖縄の盆踊り）の時はニィニィの顔を見たから、九月だと思います」

「それなら、残念ながらご一緒していることはありません。わたしは、その年の三月にヤマトに渡っていますから」

「そうですか……」

何かの手かがりが得られるかも知れないと意気込んで来た、富江さんの落胆ぶりは手にとるように分かった。

「そんなに気がかりでしたら、直接、確かめられたらいかがですか?」

「エッ、そんなことが出来るのですか?」

「ハンセン病に関わる情報は、特にデリケートな問題を含んでいますし、それに、これは守秘義務対象になっている個人情報です。ですから、山城さんご自身が現地に出向かれ、調べないと無理だと思いますよ」

「どこを訪ねたらよろしいでしょうか?」

「沖縄愛楽園の福祉室です。住所と電話をお教えしますから……」

わたしは手帳を開いた。


二〇〇一(平成一三)年の二月だった。山城富江さんから電話があった。あの日から四ヵ月が経っていた。

「先生ですか? ご無沙汰しております。山城です。先生、分かりました……」

そう言ったきり、電話口から聞こえてくるのは、山城さんの嗚咽だけだった。わたしは、

―分かりました―という山城さんの言葉の意味を瞬時に理解した。そのため、相手の気持ちが落ち着くのをしばらく待つことにして、受話器を耳に当てていた。

「……。先生、すみません。善治兄さんは、やはり、愛楽園に居りました。しかし、遅かったのです。……。ありがとうございました。まずはお知らせしたいと思いまして、お電話をさしあげました。詳しいことはお手紙で……」

その手紙は三日後に届いた。

〜（略）〜

年末年始はゆっくり沖縄で過ごしました。一月八日に主人と沖縄愛楽園を訪ねました。福祉室の皆さんはとても親切に対応してくださいました。やはり、山田善治さんはハンセン病を発病し、愛楽園に入園しておりました。一九六五年に軽快退所をしていましたが、一九七八年に体調を崩し、再入園したそうです。それ以後は療養所ですごしていましたが、一九九八年、肝硬変で亡くなったそうです。話の様子ではアルコール中毒の治療を受けていたそうです。お骨は、療養所内の納骨堂にまつられていました。

お願いがあるのですが、四月か五月、伊波先生が沖縄に帰られることがありましたら、その中の一日をわたしたちに頂戴できないでしょうか。先生とのご縁で従兄弟兄さんの消息を知ることができたのですから、ぜひ、私たち家族と愛楽園までご一緒していただけないでしょうか。家族だけのささやかな法事をと考えております。伏して、お願いいたします。私たちはその日に合わせて日程の都合をつけます。お願いいたします。

～（略）～

電話のやりとりが交わされ、その日は五月一二日となった。山城家族とは愛楽園事務本館前で午前一〇時に待ち合わせることになった。途中名護市に入るまで車は渋滞に巻き込まれ、約束の時間に遅れて到着した。フロントガラス越しに、本館前で待つ四人の山城家族が目に入った。わたしは短いクラクションを鳴らし、来客用の駐車場に車を止める。富江さんが小走りに駆け寄って来た。

「今日はお世話をかけます」

「いい日にお互い都合がついて、よろしかったですね」

山城教授に促されて二人のこどもたちから挨拶を受けた。

「この度は、私たち家族のためにわざわざ足を運んで下さりありがとうございました。わたしは長男の凜《りん》と申します。仕事は商社に勤めております」

要領を得た自己紹介の後、深々とその長身を折った。

「わたくし妹の澪《みお》と申します。今、大阪音楽大学弦楽器専攻の三年生です。よろしくお願いいたします」

清々しい笑顔を浮かべ、少しはにかみペコリと頭を下げられた。その黒い髪に五月の陽ざしがあたり、まさにこれが烏の濡れ羽色だと、ふと、そう思いながら挨拶を返した。

「わたしたち一時間も前にここに着いたものですから、ここの海岸を一回りしてきました。いたるところでゆうなの花が黄色い花弁を競い合っているんです。わたし思わず歓声をあげてしまいました。でも、この花って清楚の上、どこか物悲しいですね。見とれていると、母たちの子どもの頃、この花でレイを作って遊んだと教えられました。このレイ、わたしが作りました。どうですか、きれいでしょう？　このレイ、先生にあげる」

澪さんはいきなり、ゆうなのレイをわたしの首にかけた。照れているわたしを見て、山城教授は笑いをかみ殺して、こう言った。

「よくお似合いです。実に若々しい」

入所者居住棟はそれぞれに庭を持ち、手入れの行き届いた草木に囲まれている。整然と区画された道を北に歩をとると、間もなく左手に入り江が開ける。正面にわざわざ丘を切り通したのかとも錯覚するような、紺碧の東シナ海が半円形に見通せる。ここは大堂原《うふどうばる》と呼ばれ、この療養所発祥の地である。

当時、村を追われた沖縄のハンセン病患者たちは、各地を浮浪徘徊していた。この患者たちの救済にあたったのが、自らも病人の青木恵哉《けいさい》氏であった。一九三五（昭和一〇）年一二月、青木氏に率いられた患者一四名が、安住安息の地を求めてこの地に上陸する。海に突き出た岬の原野地は、利用目的を伏せられ、すでに青木氏は購入していた。この大堂原の一角に、三一五人が眠る納骨堂が建立されている。

「平安の地」と刻銘された納骨堂前に五人が手を合わせる。五月の連休後とあって花生けにはこぼれ落ちそうなぐらいの花々が生けられていた。富江さんは持参した花束をそのまま立てかけた。紫紺の風呂敷を解かれ、二段の重箱が澪さんによって祭壇前に並べられた。

「善治ニィニィ、少し遅れたけど、家族みんなで清明[*1]（シーミー）に来たよー。クワッチー（ご馳走）たくさん作って来たから、一緒に食べよう」

呼びかける富江さんの声は晴れ晴れとしていた。

山城教授は手際よく平御香[*2]（ヒラコウコウ）をひとりひとりに手渡した。凜さんがウチカビ[*3]（紙銭）に火をつけると勢いよく炎があがる。

五本の平御香から立ち上る紫煙が、強い西風にあおられながら流れた。

――これで山城富江さんの記憶の棘は抜けたのだろうか？――

納骨堂前にビニールシートが広げられ、にわか作りのシーミーの墓前席が用意された。供えられていたお重が下げられ、この世の人たちにふるまわれる。

「伊波先生、見てください。このシーミー料理をまず、目で楽しんでください。凜とわたしが善治ニィニィのために手作りしたのです。もちろんこんな本格的な沖縄料理は、はじめてですから、郷里の皆さんのご指導を受けました。一段は餅のお重と言うそうです。白餅、きな粉餅、あんこ入り餅を三列に並べます。二段目は料理のお重と呼ぶそうです。ここもお料理は三列です。左側に人参の甘煮、田芋の唐揚げ、揚げ豆腐。中央の列にカステラかまぼこ、豚の三枚肉、赤かまぼこ。右列は昆布の煮しめ、魚の天ぷら、ごぼうの煮しめの順に納められるそうです。料理数は九品、奇数が原則になるそうです。皆さんから上等重箱料理ができあがったと褒められました。善治ニィニィからのお下がりですから、ぜひ、伊波先生からお箸をつけてください」

「土地の行事はまさに文化そのものですねー、行事料理はその中心にあります。地元のオバーたちの手ほどきを受けながら、親子で一生懸命に料理にいどんでいるのを見ていると、つくづくそのように思いました。伝えること、引き継ぐこと。とても大切なことを体験できる機会が与えられました。これもすべて伊波先生のお陰です。改めてお礼を申し上げます。どうぞ一献」

「これまで何度帰郷していても、興味が湧くことはありませんでしたが、わたしは、祖父が弾いていたという三線を譲り受けてきました。父はこのとおり学究一筋で三線を手にすることはなかったでしょうが、わたしがこの家宝を大切に守っていきます。大阪には三線教室がありますから、そこで学んでみたいと思います。今回、いろいろなことを考えさせられましたが、わたしが特に感じたことは、ルーツの重さということです」

二八歳の青年は納骨堂を指差しながら、そう言いきった。

ヴァイオリンと弓を手にした澪さんが納骨堂の正面で深々と頭を下げた。

演奏された曲は「ゆうなの花」だった。ゆっくりと弓が走っていた。上半身の動きにつられるよう長い黒髪が揺れた。

＊1　旧暦三月吉日に行われる先祖供養の行事。門中（一族）が、本家の墓前に集まり、重箱料理を持ち寄り、焼香後にふるまわれる。

＊2　黒ウコーとも呼ばれる。線香が六本程度横につながり板状になっている。
＊3　黄色の紙に銭型を槌などでたたいてつくる。あの世で使用するお金である。

花人逢にて

落日が黄金の道筋を引きながら消えていく。久しぶりにピザ喫茶「花人逢」の縁側に腰を下ろしながら、今年のベストだという夕景にみとれていた。

寡黙な兼重さんは酒が入ると、とたんに陽気になり、口までなめらかになる。

「伊波さん、ハイ、飲んでよ、今日は、ゆっくりしていってよ、一番上等な夕陽を目にしているのだから、ハイ、ハイ」

「兼重さん、まだ、お客がたくさんいるのに、あなたこんなところで油を売っていていいの？」

「シムンシムン（いい、いい）」

雪美ママが携帯電話に耳にあてながら縁側の席にきた。

「まってよー、今、代わるから、伊波さん、ハイ」

手渡された携帯電話からバリトンの声で呼びかけていた。

「もし、もし、伊波先生ですか、ご無沙汰しています。ぼくです。具志堅大介です」

「大介君……、おー、久しぶりだネー、元気かネー、ところで、君、今、高校何年生にな
った？　えっ、何、大学生、そー、それは失礼した。今、何処から、えー、N市から？　い
いよ、別に予定はないから、どうぞ、待っているから。電話ママに代わるねー」
雪美ママは一言二言の会話を交わして、携帯電話をエプロンのポケットにしまった。
「大介君、もう大学一年生だって、早いネー、中学一年生の時会ったきりだなー。彼、ど
この大学へ行っているの？」
「福岡の大学。お母さんが体調崩しているから、週末には時々、帰って来ているみたい。
大介は、お母さん想いだから」
「具志堅さん、具合でも悪いの？」
「入院するほどではないけど。わたし達の年回りになると、更年期障害も重なってくるも
のだから、あちこち悲鳴をあげる」
「それでは大介君に、顔を出さないかなどと、声を掛けてしまって悪いこと言ったナー、
折角、お母さんの世話に帰っているのに」
「大丈夫よ、少しばかり出歩いた方が、お母さんの気分転換にもなるから、一緒に連れ出
して来てと、言っておいたから」
「さぁー、あと一踏ん張り。兼重さん、すっかりご機嫌ネー、しっかり、伊波さんのご接
待をお願いネー」
「ママ、任しなさい。伊波さん、ホレ、ピッチ遅いんじゃないの」

恰幅が良く、豪快な雪美さん。ヒョロッとして、実直、寡黙な兼重さん。この夫婦の取り合わせは、誠におもしろい。顔を赤らめ滑舌になった兼重さんから、注がれるビールを受けながら、ふと、あの事を思い出していた。いつだったか、定かではないが、雪美さんにふたりのなれそめを聞き出したことがあった。

その答えは実に意表をつく言葉だった。

―ナフタリンの匂いです―

流石にその意味が分からず、いくつかの追加質問の結果、やっと、その顚末を含めて理解することができた。

「兼重さんとわたしねー、同じ高校の同級生よ。うちの人は役場で働き、わたしは東京で看護婦をしていたサ。兼重さんから突然、大事な話をしたいから東京まで行くと、手紙が来たのよ。それで晴海埠頭まで迎えに行ったわけサ。この人が手を振りながらタラップを降りて来たでしょう。駆け寄ったら、鼻が曲がるぐらいナフタリンの匂いがプンプンするのよ、バスに乗っても、電車の中でも、この強烈なナフタリンの匂いに、周りの乗客は顔をしかめるし、わたしは恥ずかしくて、はずかしくて、うつむいているばかりサ。兼重は平然としているわけサ。沖縄からずっとこの強烈な匂いを引き連れて来ているものだから、本人の鼻はおかしくなっているから、気づかない訳ヨ。兼重の大事な話ね？　後でやっと聞き出したけど、結婚の申し込みに、東京まで出て来たのよ」

「兼重さんにしては、ずいぶん大胆なアプローチだなー」

「それがサ、日比谷公園に何時間も座っていても、この人、ボソボソといつもの口調で、要領を得ないし、どうも結婚の申し込みらしいけど、はっきりしないのヨ。わたしはこんな気性でしょう？　少し短気を起こして、その背広に染みこんだナフタリンの匂い、ちょっと強すぎるよと、言ったわけサ」

「いい場面だのに、ずいぶん嫌みなセリフだなー」

「兼重、キョトンとした顔をしてこう言うのヨ、―友人の崎山に、明日、結婚を申し込みに東京に行くと話したら、何を着ていく？　と聞かれたから、いつも着ている中から、上等を選んで着て行くと答えた。崎山が言うには、それは常識はずれだよ。それに、お前はヤマトの東京へ行くのだろ。そんな服装では田舎人に見られて、みんなから馬鹿にされるよ、せめて、背広ぐらい着て行けと言う訳サ。背広を持っていないよと言うと、じゃー、僕の背広を貸すからと、タンスから出して持ってきてくれた。―と、淡々と話すのヨ」

「そのナフタリンと結婚の承諾と、どのように結びついたわけ？」

「あー、この人、正直な人だと。わたし、心を決めた」

―イヤー、人生、何が幸・不幸の分かれ道になるか分からない。誠に不可思議―だから、わたしは兼重さんのことを、密かに「ナフタリンの君」と呼んでいる―

大介君がお母さんの背を支えるようにして店に顔を出した。

「お久しぶりです。具志堅さん、体調を崩されたようですが、大丈夫ですか」

「わたし、もともと胃弱体質なもので、皆さんにご心配をお掛けしております。先生はお元気そうですねー」

「はい。大介君、先ほどは電話で失礼をしたナー、まさか、もう君が大学生などとは思いもしなかった。つい、自分が年をとりたくないものだから、まわりの時間も遅らせたがるところか、止めてしまう。ところで大学では何を専攻している？」

「経営学です」

「大介君と最初に出会ったのは、小学五年生の時か？」

「そうです。その後、中学一年の時にお会いしました。あれからもう、六年にもなります」

「背もずいぶん伸びたナー、身長はどれぐらいある？」

「一七六センチです」

この大介君は、わたしの著書『花に逢はん』の全国一の最年少読者である。一九九七（平成九）年の暮れ、具志堅大介少年からの手紙が送られてもきた。

—ぼくはN市立T小学校五年生の具志堅大介といいます。しつもんがあって手がみを書きました。ぼくは「花に逢はん」を四回も読みました。これはぼくのきろくである「サン・テグジュペリの星の王子さま」の六回についで二ばん目です。

ききたいことは、先生が沖縄愛らく園をにげ出したとき、小学校四年生の政一君をだまして、テレビ室にいっているあいだに、にげた。と書いてありましたが、あとでニィニィがいなくなったことをしった政一君は、どうしたのでしょうか、そして、政一君のびょうきはなおったのでしょうか。もうひとつ、政一君はそのご、どうしているのか、おしえてください。―

すぐにわたしからの返信が出された。

―政一君とはその後、会ったことがないから、そのときの本人の気もちを、ちょくせつ聞いていないこと。政一君のびょうきはなおり、小学校五年生のしんがっきから、前の小学校にもどったこと。そして、今、元気にけんちく会社のか長をしていると、まわりの人から聞いて知っている。―

大介君から二度目の手紙が折り返すように届いた。

―政一君のことをおしえてくれてありがとうございます。ぼく安心しました。そのりゆうをおしえます。

ぼくの家は、母とぼくのふたりです。ぼくが小学校四年生のとき、学校から帰ると、母が家にいませんでした。となりの文子おばさんが、「大介君、お母さんがきゅうにぐあいがわるくなって、きゅうきゅう車で病いんにはこばれた。大介に、このようにつたえてほしい。といわれたことを話すネ。『こんばんは病いんから帰れそうにないから、文子おばさんのいうことをきいて、おりこうさんにしていなさい』。文子おばさんは、こんばんは家にとまりなさいと、いわれましたが、ぼくひとりでもだいじょうぶですといって帰ってきました。でも、これはつよがりでした。ほんとうは、ぼく、ひとばん中、ないていました。家にクロという名まえのネコがいますが、クロをだいていっしょになきました。このままお母さんは病いんからかえってこなくなったらどうしよう。そして、もっとしんぱいだったことは、もし、お母さんが死んでしまったら、ぼく、ひとりぼっちになってしまう。そうおもったら、ぼく、どうしよう。しんぱいで、しんぱいでたまりませんでした。だから、政一君の気もちをかんがえると、ぼく、むねがいたくなったのです。それが手がみを書いたりゆうです」――

それから二年後、その大介君とは、心に残るできごとが行き来した。

一九九九（平成一一）年、彼が住むN市で、市、教育委員会、婦人会、福祉団体、市民団体が共催して、わたしの講演会が予定された。その打ち合わせ会に、大介君のお母さんも参加していた。いろいろな役割が割り振られる中で、講演後の花束贈呈者が決められた。大介君とわたしのこれまでの手紙のやりとりを知っている、具志堅さんは喜んで息子の花束贈呈を引き受け帰宅した。

いつものように食卓を囲んでの母子の会話がはずんでいた。

「大介、今日はうれしいプレゼントがあるよ。あのねー、伊波先生の講演会が今度あるよねー、その壇上での花束贈呈を大介にお願いしたいって、頼まれたから、お母さん、光栄ですと言って、引き受けてきた」

「……」

大介君はプイと横を向き、返事もしないままに二階の部屋に駆け込んでしまった。

それから、三日間、いつもにぎやかだった親子の会話が断ち切れてしまい、黙々と箸をのばすだけの大介君に、とうとうお母さんがしびれを切らしてしまった。
「大介、花束贈呈の返事どうするの？　大介が返事してくれないと、みんな困ってしまうでしょう。それに、伊波先生にご迷惑がかかったらどうするのよ」
「……。ぼくから、伊波先生に手紙で返事をする！」

―N市の講演会、ぼく、とても楽しみに待っています。もうすぐ、また、先生に会えます。ぼくと母は、今、戦争状態にあります。と言うのは、お母さんは、講演会で、先生に花束を渡す役を、ぼくに相談もしないで引き受けてきました。ぼくはとても怒っています。いま、ドアがノックされていますから、ここで手紙を書くのをお休みします。でも、まだ続きます。

続きです。―大介、紅茶とケーキを持ってきたよ。……。先生にどんなことを書いたの、お母さんにも教えてちょうだい―。うちのクロもときどき、あんな声を出しますが、良く似た声でした。教えられないと言うと、悲しそうな顔をしたので、かわいそうになりました。それで、少しやさしい気持ちをだしました。ぼくの手紙の中で、お母さんから先生に伝えたいことがあると、書いてあげてもいいよ。と言うと、急にうれしそうな顔をして、―そう、では、お願い、よろしくとお伝えして―。階段から母の鼻歌が聞こえてきました。

戦争は終わりになりそうです。

花束のことですが、ぼく、断りたいと思います。ただ、いやで断るのではありません。もし、その役を引き受ければ、だん上で先生と握手ぐらいはできると思います。そしたら、ぼくが本当に願っていた、今度、先生と会ったら、しっかり抱きしめてもらいたいと思っていたのに、これでは握手だけで終わってしまいます。だから、ぼくはいやなのです。それが本当の理由です。ぼくをすいせんしてくれたみんなに、ゴメンナサイを言って断ります。―

ピザ喫茶「花人逢」の雪美ママとわたしの出会いは、わたしの著書『花に逢はん』が縁である。出版を契機に各地から講演を依頼されるようになったが、その講演デビューの第一回が、本部町教育委員会と本部町婦人会が共催する文化講演会であった。そこで推進役となり立ち働いていたのが、当時はまだ福祉施設職員であった彼女であった。

一九九八（平成一〇）年四月、ＮＨＫラジオ番組「ラジオ談話室」の収録を終え、田中ディレクターと横山アナウンサーらスタッフと一緒に久場宅に立ち寄った折、食卓には数々の手料理が並べられていたが、その中央にはピザが、まるで他の料理を従えているかのように、圧倒的なボリューム感を見せながら座を占めていた。

「このピザをわたしに教えてくれたお師匠さんは、フランス料理の有名なシェフです。残念ながら亡くなってしまいました。従って、今では幻のピザと言われています。いつかは、このピザを多くの方に食べてもらいたいと願っており、東シナ海を一望できる店を、あの庭に建てたいのです。その店でおいしいピザを食べてもらい、きれいな風景と風の中で、ゆっくりして欲しい。そして、だれもがやさしい気持ちを、胸いっぱいに満たして帰ってもらいたいのです。それがわたしの夢です」

その実現は早かった。

一九九九年の八月、雪美さんとリリーさんとわたしは、友人から紹介された新潟県柏崎の蔵出し専門骨董商渡邊の蔵に入り込んでいた。ピザ喫茶店で利用する器は、すべて古伊万里で揃えたいとの雪美さんの要望をかなえるために、日本海の小さな漁師町まで出かけてきた。

それから数日もおかずに、日本放送出版協会学芸図書出版部から連絡が入った。

「沖縄県本部町の久場雪美さんという方から、電話がありました。店の名前に『花に逢はん』とつけたい、との要望を受けましたが、著作権の関係でお断りいたしました。それならば、ぜひ、伊波先生に店の名前を考えてもらえないでしょうか、との依頼ですが、いかがいたしましょうか？」

「花人逢」の命名に込めた思いは、―花を前にすると、誰もが、顔をほころばせ、優しい気持ちになる。その花に勝るのが、わたしたちが、日々顔を合わせている「ひと」なのです。花に逢うように人に出逢いたい。それも、いろいろな人と―。

そして、「花人逢（kazinhou）」という店名が産み出された。

今では、旅行雑誌やインターネット等で紹介されていることもあって、沖縄では珍しく、庭先で空席待ちしてでも行きたい店としてにぎわっている。

花に逢はん
人に逢はん

伊波敏男

店の壁にわたしの署名入り色紙が掲げられている。それを目にするたびに、下手な書に赤面する。

リリーさんが厨房の窓からしきりに庭を気にしていた。小さな仕草で、お客さんと談笑している雪美ママに、小さな合図で手招きがなされた。

「ママ、あの人たち、さっきから来ているのだけど、どうしたのかねー、店に入るのを迷っている様子だけど」

庭の木陰に座り込んでいるその人たちの後遺症から、一見してハンセン病療養所からの客人であることが分かり、雪美ママが駆け寄った。

「いらっしゃいませ。ここは暑いでしょうから、どうぞ店内でお休みください」

四人はとまどった気色を見せる。

「店に入っても迷惑にならないでしょうか?」

「どうぞ、どうぞ、大歓迎ですよ」

背中を押されるように、四人は店内に招き入れられた。

「さあ、さあ、おいしいピザを召し上がってください」

お客さん担当の亜美さんと絵理さんが、すかさずその客人たちに駆け寄り、手を取った。

「ゆっくりしていってくださいね」

いつものように雪美ママの声がかけられた。

伊《ぬ》野《ふ》波《ぁ》節

これまで何度も言葉を飲み込んでいた。その都度、あの後にしよう。これを済ませてからにしようと、先延ばしのきっかけになりそうな事柄を見つけ出して、先送りしてきた。

宮里雄一郎はこの八ヵ月、日曜日をのぞく毎晩、その日によって時間はまちまちであったが、西原舞踊研究所の駐車場で、美咲の練習が終わるのを待っていた。二人とも支店は違うが、同じO銀行に勤めていた。二年前、キャリアアップ研修会で出会い、研修終了パーティで会話を交わしているうちに、お互いの趣味が雄一郎は三線、美咲が琉球舞踊ということで話がはずみ、それを契機につきあいがはじまった。

このところ銀行と証券の相互乗り入れによる派生商品の勉強やノルマの厳しさから、日曜日もほとんどデートの時間がとれなくなっていた。そのため、稽古を終えた美咲を、車で浦添市の自宅まで送るわずかな三〇分が、ふたりだけの貴重な時間となっていた。

クーラーをつけたまま駐車していた車のハンドルに頭を乗せ、つい、寝込んでしまった。

トントンとフロントガラスをノックする音で目がさめた。

助手席に乗り込んだ美咲のジャージから、若い女性特有の汗のにおいがした。

「ごめん、待ったー?」

「九時頃着いたから、三〇分ぐらいだ。いやー、気持ちよくウトウトしてしまった」

雄一郎は大きく背伸びをしながらあくびをもらした。

「今日も残業で遅かったの?」

「七時までだ。月末が近いから、少し仕事が立て込んできたけど。でも、美咲に負けてはいられないからなー、一時間程だけど、先生に三線の練習をつけてもらった」

「でも、雄ちゃんは、わたしより一足早く優秀賞を合格しているから、気持ちは楽でしょう。わたしはその試験が来月だから、あせるサー」

ふたりが車中で話題にしているのは、三線、太鼓、箏、鼓弓、舞踊部門に分かれて開催される、新聞社主催のコンクールである。

新人賞、優秀賞、最高賞のランクがあり、毎年、それぞれの課題曲、課題舞踊が事前に発表され、音楽や舞踊を志す者はこのコンクールに挑戦することになる。

雄一郎は昨年、すでに、三線部門の優秀賞に合格していた。

沖縄の音楽と舞踊の層の厚さを、今日まで育成してきたのは、これらのコンクールの功績だといわれる。今日では県外からも多数が挑戦しているほど盛況である。

この時間になっても五八号線の混雑は解消していない。那覇市天久に大型ショッピング街が出現したことによって、このあたりは深夜まで騒々しい街に変貌していた。

外側車線から急に車線変更して割り込んだ車に、車列の二台前の車がけたたましくクラクションを鳴らした。前を走る車のテールランプに反応するように、雄一郎がブレーキを踏んだ。

「チッ、ドライバーのマナーが段々悪くなってくる」

「雄ちゃん、疲れているのにいつもごめんね。帰りは気をつけてね」

美咲の自宅はM交差点を右折すれば一〇分ほどの住宅地にあった。

「今日サー、先生からかぎやで風は合格のお墨付きが出たけど、もうひとつの課題舞踊の伊野波節は、厳しくダメ押しをされた」

「あの曲は歌っていてもむつかしい、三線の絃に這うように、心の動きを追わなければならないから、難曲だからなー」

「先生からこのように言われたわ。美咲さん、いーい、もう一度おさらいするけど、古典の女踊りの構成は、第一曲は出羽《んじふぁ》（登場）、第二曲に中踊り（本踊り）、第三曲に入羽《いりふぁ》になるのが普通だけど、この踊りは、いきなりメインの伊野波節を出羽にもって来て、恩納節、長恩納節と続くようになっている。伊野波節の—逢はぬ夜のつらさ与所《ゆす》の思なちゃめ《うみなちゃみ》 恨めても忍ぶ恋の習や—の与所から思なちゃめにかかる箇所の、花笠を腰のあたりに持っていく所作は、女の静かな情念を表現するクライマックスだけれど、美咲さんは、この表現はとてもうまく入り込める。だけれど……」

「後半の恩納節、長恩納節が踊れないのか」

「そうなの、一転して速いテンポになるでしょう。美咲さんの問題は後半よ、と言われた。—美咲さん、忍ぶ恋というのは、情念をただ、心の内側に包みこむだけではだめなのよ、わが身を焼き焦がすほどの情もあるの。特にこの長恩納節は、愛しい人に会えないで帰ってくる激しい女の恋心なのよ、恋は時には、恨みに代わるほどの激しいものなの。恩納岳を越したあの地に愛しい人がいるのよ。その山に懸かる白雲をどけてでも、あの人を見たい、会いたいのよ—。わたしのあの白雲の両手の所作は、指の先まで気持ちが届いていないって、……。わたし、次第に迷路に入りこんだみたい。あー、もう、どうしよう」

「三線で伊野波節を歌うとき、厳しく教えられたのは、歌い出しの—ンゾチリテ—にすべてを集中しなさい。ここにリズム、声の音質、音程、三線のつぼ、譜面の読解力のすべてが凝縮されていると言われても、なかなか理解できなかった。先生は一曲を理解できるまでには、千回歌い込めと、言われるだけ。それが、あるとき、突然、その難所を抜けることができた。とにかく鍛練しかないよ。……あのさー、美咲ちゃん。……。美咲ちゃんが、優秀賞に合格したら、話をしたいことがある。とても大事な話だ」

「雄ちゃん、それ、どんなことなの、今、話せないの？」

「今はだめだ」

「もー、余計にプレッシャーがかかる！」

美咲の自宅前に車を静かに止めた。ハンドルを握る雄一郎の手を美咲が軽く握った。雄一郎は後部座席から美咲のスポーツバッグを手に取り、玄関先までついて行った。チャイムを押すこともなく、玄関灯がともり、ドアが開けられた。

「雄一郎さん、いつもごめんなさいね。夕ご飯まだなら、食べて行きなさい」

「ありがとうございます。いや、ぼく、済ませて来ましたから」

「そーお、それなら、お茶でもどうぞ」

「おばさん、ありがとう。今晩は、遅いから、ここで失礼します」

「そー、では、ちょっと待っててねー」

美咲のお母さんが、小走りに台所に駈けていった。

「美咲、明日も、今日ぐらいの時間でいいのか？」

「うん、お願いね」

おばさんがビニール袋を手に下げ、二人の間に割って立った。

「雄ちゃん、これ長野から送られてきた巨峰。オジー、オバーに食べてもらって。とてもみずみずしくて甘いから、ハイ、お土産に持って行って」

「ありがとう。頂いて帰ります。美咲ちゃん、じゃー、明日、またなー」

「雄ちゃん、おやすみ」

おばさんの頭の上で、二人の手がハイタッチされた。車に向かう雄一郎の背中に、美咲のお母さんの声が追いかける。

「運転も気をつけてよ！」


雄一郎の家族は、七七歳の祖父と七五歳の祖母の三人家族である。雄一郎は宮里玄徳・知江の孫であるが、生まれたその年に養子として、戸籍に書き込みがされていた。

雄一郎がはじめてそのことを目にしたのは、高校進学の書類に戸籍謄本が必要になった時である。しかし、そのことが特別な感情を引き起こさなかったのは、小さい頃から聞かされていた―両親とも死んだから、オジー、オバーの子供にした―を、ごく当たり前のできごととして受け入れていたからである。

雄一郎は祖父母にとって、自慢の息子であり、また、孫であった。

祖父玄徳は六〇歳まで米軍基地で働いていたが、退職後は軍用地の接収を外れた二千平方メートルの畑作に精を出していた。

玄徳オジーと知江オバーが日頃から口にしている言葉によれば、―農業は国の礎。人間、土を耕して働かないと、国も人も馬鹿になる。だけどよ、わが家はこれだけの畑だけでは、食べていけないサー―

その言葉通り、生活の糧は軍用地代収入と年金収入に頼っていたが、それでも、この辺りでは生活には比較的余裕があった。しかし、ここのところ、オジーの左膝に痛みが走り、一日越しの病院通いが続いていた。そのため、畑作業はもっぱら元気印のオバーが担っていた。もともと短気な性分なだけに、畑にも出られない自分の身体のふがいなさにイライラが募っていた。それに反してオバーは頑健そのもので、それに比例するようにおしゃべりも快調だった。それがまた、オジーの神経を逆なでしたりしていた。

雄一郎が勤める銀行支店は牧志にあり、自宅の北谷《ちゃたん》からだと一時間の通勤距離である。毎朝日課にしている三〇分のジョギングとシャワーを済ませ、一緒に摂る朝食のわずかな時間が、家族が唯一、村のできごとや、家族それぞれの日常を話す団らんの場になっていた。

下里美咲という同僚が、今度の日曜日、わが家に来るということを話したのもこの席だった。それは、つきあい出して一年を過ぎてからであった。

オバーは美咲が帰った後、―上等な子だねー―を連発していたが、オジーはため息をつきながら、―雄一郎、あの子と結婚するつもりか―と、なぜかしきりに聞いた。―まだ、分からないよ―と、答えると、また、深い息を吐いた。

年末年始の挨拶でお互いの家を行き来した後、正月二日の朝、雄一郎は今年中に美咲に結婚を申し込むつもりであることをはじめて口にした。

すると、オジーはいつもにまして厳しい顔をした。

「オバー、この時が来たさー、ウリ、トートーメー（仏壇）の房子に線香をあげなさい」

なぜ急に、との思いはあったが、言われる通りに手渡された線香をあげた。オジーは手を合わせながら、しきりにブツブツ意味不明な言葉を口の中で繰り返している。

「雄一郎、ここに座れ」

オジーは仏壇を背にし、その前に向かい合うように座らされた。オバーは部屋の入り口にうつむきながら座を占めた。

「……。わたしの一人娘、お前の母親の房子は、看護婦をしていた事は、前に話して聞かしてあったな……。房子が看護学校を済ませ、琉球政府から免状をもらって、オジーもオバーも大喜びしたサ。ところが房子がヨ、どうしてもライ病（ハンセン病）の病院に勤めて、この人たちの病気を治す手伝いをしたいと、言うわけよ。他に勤め口がないわけではないし、よりによって、あんな病院にと、オジーは絶対に許さなかった。房子が手をついて、何度もお願いされても、OKしなかったサ。親の言うことが聞けないようだったら、親でもない子でもない、親子の縁を切ると、申し渡したら、あの親不孝者……置手紙をして家を飛び出して行った。沖縄がヤマトへ復帰する四年前サ」

「屋我地の病院に勤めたの？」

「いや、大和、大和ヨ。手紙が来て、ずっと向こうの香川県にあるライ病院に勤めている、と知らせてきた。……。今度はヨ、この時の方がもっとタマシヌギタサー（びっくりさせられた）。お前が生まれる一年前だから、七三年かねー、その病院に入っていた人と所帯を持ちましたと、知らせて来たわけサ。房子は何が不足で、つぎつぎ、こんなことをするのかと思ったサ。オジーはオバーにきつく申し渡した。房子はわが子の縁を切っているのだから、金輪際、連絡も取るな！　と。それがヨー、女親はダメサー、オジーに隠れて、連絡を取り合っていた。一九七四（昭和四九）年さ。軍作業を終えて家に帰って来たら、居間のテーブルにこれ見よがしに写真が広げられているのよ、男の赤ん坊の写真サ」

「それは、ぼくの写真だった？」

「この馬鹿オバーがよ、ニコニコしてこう言うわけサ。―お父さん、かわいいね、私たちの孫よー、名前は雄一郎だって―」

「そのお母さんがどうして、僕が生まれてすぐに亡くなった？」

オバーの忍び泣きにつられるように、オジーは涙を落とした。

「それがヨー、その年の一二月に、急に相談したいことがあるから、親子三人で沖縄に行きます。と房子から連絡が入った。房子に会うのは六年ぶりサ、あのふっくらとしていた房子とは、全く別人のように痩せてしまって……。苦労しているんだナーと思ったが、口にできないサ。雄一郎の父親とも、その時、はじめて顔を合わせた。いくら沖縄は日差しが強いからと言っても、不思議な気がしたが、ずっと、サングラスをしたままだった。顔や手をよく見ると、少し腫れていたから、はは一ん、これは病気でそうなっているのか、本人はそのことを気に病んで、隠している程度にしか考えなかったサ……」

「その人、どんな人だった？」

「話していて、ジンブン（智慧）はありそうだったが、おとなしい人だった」

「お母さんは、お父さんと僕を、オジー、オバーに会わせるために、里帰りして来たの？」

「それもあったと思うが、房子たちから持ちかけられた相談事は、もう、オジーにもどうしていいか分からないようなことを言い出されたサ」

「その、僕の父親と何か関係があることだったの？」

「うん。その病気に罹った人が、病気が治って外に出ることを、軽快退所というらしいが、雄一郎のお父さんも、そうだったそうだ。父親は自分の身体と相談が足りなかったのか、雄一郎が生まれる直前に、治っていたはずのその病気が騒ぎはじめた。うん、房子はそう言っていた。病気が再発したと言う意味らしいよ」

「そのことと関係がある話で……」

「いよいよお父さんの病状が悪くなって、再入院しなければならなくなった。房子が言うには、この病気は、幼児に感染する危険性が高いのだそうだ。それで、父親は雄一郎が生まれるすぐ前から、別にアパートを借りて別居している。だから、一度もわが子を抱かしていない。父親も切ないが、雄一郎も不憫な子だと、言っていた。……それで、困り果ててしまった」

「茶グヮー入れてくるね」オバーが席を立った。

「……。—わたしはこの雄一郎と二人の生活を続けてきたが、看護婦の仕事をしながらでは、もう限界だ。それで、今更、言えた義理ではないが、この人の病気が治るまで、雄一郎をしばらく預かってくれないか—と、泣いて頼まれたのよ。こんな七ヵ月の子供を、余所に預けるとは何事か、お前は母親の情もなくした人非人か！　それからの三日三晩は、わが家は、まさに地獄ヨ……」

「結局は、僕はオジーオバーに預けられた」

「そうだ。オバーはその時、五〇歳を超したばかりサ、――お父さん、わたしはまだ若いし、もうひと踏ん張りするから、この孫をあずかって育てましょう。そうすれば、房子も助かるだろうし――と、言い始めたから、それで腹を決めた」

「僕が引き取られたいきさつは分かったけど、その父親とお母さんが、その年に亡くなっているよね、どうしてなの？」

「もう、その頃になると、沖縄と大和の行き来は、ほとんど飛行機便になっていたが、房子が、帰りは、どうしても船便にすると言うのヨ。飛行機賃がないなら出してあげると言ったけど、あの子は、昔から一度言い出したら退かない性分だから、言うとおりにさせた。悔やまれるサー。那覇港からふたりを見送った翌朝、警察から連絡が入った。……。あの馬鹿親たちは、お前ひとりを残して船から身を投げた。書き置きが船に残されていて、オジーに届けられたけど、余りの腹立たしさに、オジーは焼き捨てた」

襖の外で、オバーが声をあげて泣いた。


その日、車は名護市から伊豆味線へ抜けて本部へ向かっていた。車中は若いふたりの声ではずんでいた。

「雄ちゃんが大事な話があるというから、胸がドキドキするさ、それに、この踊り花笠、何に使うの？　ちゃんと忘れないで持って来たよ」

「美咲ちゃん、難関の優秀賞合格おめでとう」

「ありがとう。雄ちゃんのおかげです。改めて、ありがとうございました」

「これから、本部の伊野波に行く」

「あの、伊野波節の」

「そう、美咲ちゃんは、あの歌には別の説があるのを聞いたことがあるか？」

「だって、悲恋の歌でしょう」

「美咲ちゃん、伊野波節と恩納節、そして、長恩納節の歌詞を、口に出してみてよ」

「では、感情を込めて言うからね。—逢はぬ夜のつらさ与所の思なちゃめ　恨めても忍ぶ恋の習や（伊野波節）。……。恩納松下に禁止の碑立ちゆす　恋忍ぶまでの禁止やないさめ
七重八重立てませ内の花も　匂移すまでの禁止やないさめ（恩納節）。……逢はぬ徒に戻る道すがら　恩納岳見れば白雲のかかる　恋しさやつめて見ぶしやばかり（長恩納節）—。

何だか、気持ちが次第に昂ぶってくるサー」

「美咲ちゃんは、課題舞踊の伊野波節に立ち向かったのだから、当然、この歌についての勉強もしたと思うけど、知っていることを言ってみてよ」

「では、わたしの勉強の成果を教えます。ご拝聴をお願いします。いいですか。—逢はぬ夜のつらさ与所の思なめや　恨めても忍ぶ恋の習や—。伊野波節は古典曲中最も優雅な歌曲として知られております。逢いに行ったのに、逢えずに帰ってきた夜の辛さ。あの人の思い

はもう他の人へ移ってしまったのだろうか。恨めしく思いながら、それでも逢いに行くのが恋の習いというものか。すてきネー。胸がキュッとする歌さ」

「三線曲の歌詞は、伊野波の石こびれ無蔵連れて登る《にゅふぁぬいしくびりんじょちりてぬぼる》　にやへも石こびれ遠さはあらな《にゃひんいしくびりーとおさはあらな》。この歌の意味も言ってみてよ」

「この歌詞の方がせつないサー。伊野波の狭い石ころ道を、愛する人と寄り添いながら登る。ひとりで登れば難儀な坂道だけれど、愛しい人と登るこの石ころ道は、途切れることなく続いて欲しいと思う」

「それが一般的だなー、ところがそれとは別の説もあるそうだよ。美咲は聞いたことはないと思うけど。琉歌のバイブルとも言われる島袋盛敏著『琉歌大観』の解説でも――この歌については、いろいろの伝説があって、中には折角の美しい歌や音楽をけがすようなことをいう人もあるけれど、思わざるも甚だしいというべきである。美しい若い恋人同士が、別れを惜しんで、けわしい坂道ももっと長かれしと願っていると見て、それで十分ではないか――と。わざわざ記しているぐらいだから、この歌にまつわる伝説には諸説があったことが分かる」

「それ、どんな説なの？」

「それはね、ある夫婦がいた。その恋女房がハンセン病を病み、村の掟により山中に隔離しなければならなくなった。そこで夫は愛妻を伴い、石ころ道を登りながら、今宵こそは石こぼれ道も遠かれと念じつつ、別離の悲哀を詠んだ歌である。もうひとつの伝説も、ハンセン病にかかわっている。男は伊野波の青年で女は隣村の並里の美人であった。二人は結婚して円満な家庭生活をしていたが、夫がハンセン病になったので、女の里方では、今のうちに娘を引き取った方がよいと思って、再三娘に離縁話を持ちかけたが、女は承知しなかった。夫はついに意を決し、条理をつくして女房に別れ話を持ち出したので、女もとうとう承知した。いよいよ分かれるという約束の日が来て、二人は互いに手を取り合って石こぼれの坂道を登って行った。この途中で、夫が詠んだのがこの歌である」

「とても素敵ネー……。わたしにはこの説の方が、気持ちが昂ぶってくる……。ただ忍ぶ恋という情より、もっと、もっと深淵な人間の情愛の哀感が感じられるねー。わたし、コンクール前に、この説を耳にしていたら、もっと深い表現ができたはず」

国道六四号線を伊野波入口から一キロメートルほど入り込むと、その石こぼれ道はあった。

「美咲ちゃん、花笠を持って降りて」

雄一郎は三線を手にして、坂道入口の案内を読んだ。もちろん、その解説には別説の記述はなかった。

雨水に穿かれたような小さな石ころ道が、丘の頂上部までつづいていた。後世の歌心を失った人たちがこの坂道をたどれば、この距離では、恋のささやきを一言二言交わすだけで、登りきってしまう石こぼれの道だ。きっと、どうしてここがなどと思うだろう。

石こぼれ坂道の隣接地に、草が払われた小さな空き地があった。腰を下ろすと大地の温もりが伝わってくる。ハンカチを広げ美咲の座る場所を作った。

「美咲さん、ここに座って。……これからとても大事な話をする」

触れあっている肩から、美咲の緊張が伝わってくる。

「美咲さん、月並みのことしか言えないけど、僕と結婚してください。ただし、これから僕が話すことを聞いた上で、返事をして欲しい」

横顔にとまどいの表情が浮かんだ。

「美咲さんは、ハンセン病という病気の知識を、どの程度知っている?」

「エッ、どうしていきなり」

「これから話すことと関係があるから」

「どの程度? そうねー……。わたしねー、高校時代から、舞踊研究所の皆さんに同行して四、五度ほどかねー、愛楽園まで舞踊慰問に行っている。だから、世間一般の人に比べれば、少しはまともな知識を持っているつもりよ。あのねー、この病気は感染力が弱く、治療によって治せる病気である。日本国の間違った社会政策によって、この人たちの人権は奪われた。今年(二〇〇一年)になってやっと、司法の判決が下され、政府も控訴をしないで、政策の過ちを認めて謝罪した。しかし、社会にすり込まれた偏見をなくするには、まだまだ長い道のりがある。どう?」

「わたしの父親は、そのハンセン病患者だった!」

「エッ! 雄ちゃん、何、それ!」

「僕も、この事実を知ったのは、この正月のことだ。今年中に美咲さんに結婚を申し込むつもりだと、オジーに報告したら、はじめてこの話を聞かされた。これまで、美咲さんに僕の両親は亡くなり、それで、オジーと養子縁組をされたことは話したよね、それは事実だったが、その詳細ははじめて知らされた。僕はハンセン病患者の父親の子だ！」

「なーんだ、そんなこと？　雄ちゃん。いきなり深刻な顔をして、何を言い出すかと思ったら。わたしが結婚するのは、雄ちゃん。あなた。あなたしかいない。こんなことで悩んでいたんだ。ばかばかしい！　雄ちゃん、もう一度、ちゃんと申し込んでください！」

「うん。……。下里美咲さん、僕と結婚してください」

「はい」

素足になった美咲が雄一郎の三線に合わせて伊野波節を踊った。

逢はぬ夜のつらさ与所の思なちゃめ　恨めても忍ぶ恋の習や
恩納松下に禁止の碑立ちゆす　恋忍ぶまでの禁止やないさめ
七重八重立てませ内の花も　匂移すまでの禁止やないさめ
逢はぬ徒に戻る道すがら　恩納岳見れば白雲のかかる　恋しさやつめて見ぶしやばかり

美咲はやっと、伊野波節の女心のせつなさに近づいた気がした。雄一郎が弾く三線の音が、伊野波の石こぼれ道を風に運ばれた。

指文字

雨宿り

つい、バスの中で寝入ってしまった。

——あ・さ・とー、次はあさと。お降りの方は……——

耳の奥に届くかすかな案内のアナウンスに、心地よい揺らぎの底がゆさぶられた。

(しまった)

あわててバスを降りたが、目的の停留所をふたつも乗り越していた。

バス停前の雑貨店主は、道をたずねるわたしに自動販売機にタバコを詰めかえながら答えた。

「崇元寺《そうげんじ》ねー、この道をまっすぐさー」

「ここから遠いですか」

「そんなに遠くはないけど、バスに乗ればすぐだよ」

(約束の時間には、まだ時間があるし、歩くか……)

雑貨店主の「そんなに遠くない」の言葉につい誘われてしまい、人通りの多いメインストリートを避け、路地に足を向けたのが間違いだった。目的地を頭に描きながら、入り組んだ裏道から目指している崇元寺《そうげんじ》へ向かっているはずなのに、すでに二〇分近くもうろついている。那覇《なは》市泊《とまり》町界隈で迷いこんでしまったらしい。シーサー（魔よけの獅子）がにらみをきかす門柱の表札番地をのぞくと、行き着くべき地から、しだいに遠ざかっているらしい。

「バス停に着いたら、電話くださいよ。迎えに出向きますから」

「大丈夫です。大体の見当はついていますから」

恩師との電話のやりとりを思い返しながら、いまさら、案内の確認もはばかられ、町番地表示をたどりながら向うしかない。

昼食時の訪問を避けたつもりの二時には、まだ、三〇分ほど残していた。

おおいかぶさるような張りついた八月の太陽は、はやし立てる声にも似た蟬のなき声と、競うようにわたしをおいかけてくる。

時折、顔と背筋を流れる汗が――すーっ――と筋を引く。

大気の熱気に逆らうかのようなこの汗の流れは、妙なことには快感さえおぼえた。

――それにしても、こんなに厳しい陽光だったとは……――

故郷を出て五〇余年、わたしのからだはこの夏の日差しにさえあえいでいた。やっと、連絡のとれた小学校時代の恩師との再会を果たすため、この街に降り立ったが、いやー……参りましたね。いつものように方向音痴が、またもや……。

路地を抜けたところで、片手にスーパーマーケットのビニール袋を持ち、パラソルをさす老婦人と出会った。

「すみません。ちょっとお尋ねしますが、泊の二丁目は、ここからどの方角に向かえばいいでしょうか？」

「二丁目ね、アリ、兄さん、ここからだいぶあるよー。ここからねー、だんぱち屋（理容店）のくるくる回っている看板が見えるさねー。あの角を左に曲がりなさい。そしたら、まっすぐさー、そのまま、ちゃー、真っ直ぐ、どんどん行けばいいさー」。

老婦人は理容店をなつかしい響きをのせた、方言の「だんぱちゃ」と称した。

（だんぱち屋か……。あー、ここは、やはり、わたしの故郷だ）

「ありがとうございます」

わたしはハンカチで汗をふきながら、礼を言って歩きだした。

しばらくして、声が追いかけてきた。

「だんぱち屋を左よー」

振り返ると老婦人は、立ち止まったまま、ビニール袋をさげた手で、わたしが目指すべき方向を示した。わたしは、深々と会釈を返した。

理容店の角を曲がると、これまで澱《よど》んでいた足元の照り返しに、風の流れが感じられた。

台風の通り道となっている南の島の家々は、おしなべてコンクリートの方形を基調とする造りになっており、その屋上には決まって水槽タンクが載せられているが、その上空の青空に、まるで灰色の下敷きがスライドするように、低い雲がせまってきた。

（片降《かたぶ》いかし）通り雨を故郷では、こう呼んでいた。

出かけに掛けられた母の言葉が頭をよぎる。

「敏男、降るよー、風に雨の匂いがするから、傘を忘れないでよー」

「大丈夫、降られたらタクシーつかまえるから」

生まれ島を離れての長い空白は、南の島の気象の予兆にも疎くなっており、今、そのしっぺ返しを受けそうになっていた。足を早めながら、少年時代の片降《かたぶ》いの情景を思い返していた。あの夏のスコールは、数分から長くて一〇数分で走り抜ける。

青空の一部がかき曇ると、白い帯状の雨が追いかけてくる。そして、大地を覆いつくしていた熱気も一緒に持ち去り、何事もなかったかのように、また、青空が支配する風景にもどる。片降《かたぶ》いは子どもたちの遊びを中断させていた。大気の流れを感じた子どもたちの視線は、一斉に四囲の中空を見渡す。白い雨の帯がせまってくる方角を見定めると、一斉に雨脚とは逆方向に走りに走る。この追っ手から逃れる足の速さは、また、子どもたちの仲間の序列と一致していた。遊びに熱中していた子どもたちがその雨脚からのがれる確立は低く、木陰や軒下に飛び込む前に、濡れねずみになってしまうのはいつものことだった。

（参ったナー）

裏道ではタクシーもつかまえられない。母の言葉に従わなかったことを悔いても、もう手遅れであった。町並みをたたく雨音が、すでに迫っていた。

手土産の包みを胸に抱きながら、雨宿りの場所を探すが、門構えに囲まれた住宅街のどこにも、雨脚を避ける軒先などは見当たらない。

大粒の雨は、勝ち誇ったように頭と背中を打ち始める。

（とにかくこの雨をやり過ごそう。約束の時間に遅れそうだが、お詫びの電話をしなければ…）

沖縄家庭料理の店「花簪《かんざし》」との出会いは、その時であった。大きな門構えの内側に、ひっそりと構える店の暖簾が風に揺れていた。

「花簪」と染め抜かれたのれんをくぐると、カウンターとテーブル席が四席ほどのこぢんまりとした店だった。奥のテーブル席の男性客は本を片手に、のれんをかきあげて飛び込んだわたしに、じろっと、眼鏡の上目ごしに視線を向けられた。

「いやー、参りました。急に降られて」

わたしは、向けられた視線に言い訳でもするかのように、店の入り口で雨を払った。

「いらっしゃいませ」

カウンターの奥からはずんだ声が掛けられた。

入り口のテーブル席に手荷物をのせ、ハンカチで顔と頭にかかったしずくをふき取ったが、たちまちしぼれるぐらいの水分を吸い込んでしまった。

手土産は姉が用意したビニール製の風呂敷に包んでくれたが、大正解だった。

「まあ、急な雨で大変でしたねー、よろしかったら、このバスタオルをお使いください」

振り向くと、小柄な女性が白いバスタオルを差し出していた。

「どうもありがとうございます。すみません。では、ありがたく」

「お客さん、ハンカチ、すっかり濡れてしまいましたね、それ、貸してください。乾燥機で乾かしますから」

「いや、いいです」

「さー、遠慮なさらないで」

「すみません、それでは……」

手渡す前に、せめてと思い、ハンカチの両端をそろえた。女性の視線が私の変形した手を射すくめるようにみつめていた。視線が合うと、とりつくろいにも似た笑顔があわてて返された。

女性の手の動きは素早かった。まるでハンカチはかすめとられるように女性の手に移った。バスタオルをひろげると、ジャスミンの香りがひろがった。外を叩く雨音と身体をせわしげにふいているわたしの動きが、この静かな店内の空気をかきまぜているようにも思え、つい、身体を拭きとる動作は小さなものになった。

身体から湿気を移したバスタオルを折りたたみ、カウンター越しに返した。

「ありがとうございました。すっかり、汚してしまって、助かりました」

かすかな頷きとともに無言のままバスタオルを受け取ったが、見開かれたままの目は何かをさぐり出すように、わたしを見つめたままだった。

「ホットコーヒーをお願いできますか」と声を掛け、わたしは席にもどった。しかし、背中には張りついたような視線を感じていた。携帯電話を取り出した。なぜか、手元を隠すようにキーの操作をした。

「もしもし、伊波ですが、雨に降り込められています。済みませんが、お約束の時間に少しばかり遅れてしまいますが……」

「ところで、今、どこまで来ていますか」

「先生のお宅の近くだと思いますが、はなかんざしというお店で雨宿りをしております。やり過ごしてからお伺いいたします」

「は・な・か・ん・ざ・し？　あー、その店ね、もう、わが家のすぐ近くですよ。その店、わたしも散歩がてら、時々、寄らせてもらっていますよ」

「そうですか。お宅の近くなのですね。あのー、この店から、先生のお宅までは？」

「そこまで迎えに出ましょうか？」

「いーえ、だいじょうぶです。店からの道順を教えていただけませんか」

「あっ、そう。店を出ると、左……。そう、左へ。二つ目の辻に花屋があります。そこを右に曲がると、三軒目の赤瓦の家が拙宅です」

「承知しました。花屋さんの角を曲がって、赤瓦のお宅ですね。三〇分後には、お伺いできると思います」

「その店のおかみさんねー、島袋さんに、もし、道順が不案内でしたら、聞いてくださいよ。それから、おかみさんによろしく」

携帯電話を切るのを見計らったように、コーヒーがテーブルまで運ばれてきた。

「おかみさん、大山力先生がよろしくとのことです」

わたしは先ほどから続いている気まずさを振り切るきっかけでも手にいれたように、コーヒーカップとミルクカップを並べているおかみさんの手元をみつめながら、そう言った。

「大山先生？　失礼ですが、お客さんと先生はどういうご関係ですか？」

「小学校の恩師です」

「そうですか……」

おかみさんは、短い言葉を返しながらも、その食い入るような視線をわたしから逸らさなかった。このおかみさん、客商売にしてはずいぶん礼を失した接し方だと思った。

そのまなざしがためらいと共に揺れた。そして、口元に手をやり、声を殺したような言葉がわたしに掛けられた。

「あのー……。失礼ですが、お客さん、……もしや、関口さん、ススムさんではありませんか？」

「えっ！」（どうして、ここで、今、この名前が……）

まるで地面が抜けてしまったかのような驚きがわたしを襲った。

（関口進）この名前、過去の痛みの中に封印したはずの……忌まわしい響きの……あの名前が、いきなり、わたしに突きつけられた。（セキグチススム）。この名前、この名前こそ、ある特別の場所で三年近く、わたしが名乗らされた名前だった。ある特別の場所……、そこは、別の呼び名を「国立ハンセン病療養所沖縄愛楽園」といった。私が療養所に収容された一九五七（昭和三二）年当時、ほとんどの患者は入園時に本名が消され、偽名を名乗ったが、あの名前がよみがえっていた。

動揺を立て直す時間は与えられなかった。

「ススム……！　あなた、ス・ス・ム、そうでしょう。関口進ネー」

（えっ！　どうして？　あなたは、一体……だれ？）

「ねー、分かるー、わたし、わたしよー」

早鐘のように打つ心臓の鼓動を抑えながら、（わたしよー）と、名乗る女性の顔を食い入るようにみつめても、記憶のかけらはつながらないままだった。

「私よー、わたし、ともこ、上原と・も・こ」

「ともこ、えっ、あの知子！　あなた、あの上原知子！　知子かー」

「そう。知子」

血流が一気に駆けめぐる。

「知子！　えっ、本当に、あなた！　上原知子？」

なつかしさの余り、つい、上ずった声が大きくなった。しかし、知子の視線が、奥のテーブル席で本を読んでいる客に泳いだ。わたしは彼女の表情に浮かんだ、あるとまどいを見逃さなかった。まるで、口に指を当て「しーっ」と、いさめられているような気がした。

（ここでは、これ以上は……）

「やっと、雨が小降りになってきましたねー」

わたしはこれまでの流れとは、全く関係のない言葉を、大きな声で口にした。軽く会釈を返した上原知子は、お盆を手にしたまま、カウンター奥のカーテンをくぐって姿を隠した。コーヒーを口にし、カップに置くたびに、「カチッ、カチッ」と、音を響かせる。妙に癇に障る単音だと思った。居心地の悪さと得体の知れない緊縛感が迫ってくる。

（あれから何年が経つのかな……。四七年かー、ずいぶんになるなー）

本来なら、（よー）と、軽いノリで、声を交し合い、再会を喜び合えるはずなのに、妙に気まずい展開になっていた。知子はカウンターから姿を消してしまった。

絞られた三線《さんしん》の音が、――チッ、チッ、チッ、チッ――、と年代物の柱時計が規則的な音を刻んでいる音にかぶさって聞こえていた。

――チッ、チッ、チッ――

（どうしたもんだ、これ。ここから、一刻でも早く立ち去ろう）

追い立てられるように残ったコーヒーを口に流した。テーブルに載せられている伝票をつかみカウンター奥の部屋に声を掛けた。

「ごちそう様でした。お勘定をお願いします」

カーテンを跳ね上げ、あわてたように知子が顔をだした。そして、無言で真新しいハンカチを差し出した。それは、先ほど預けたストライプ模様の入ったわたしのハンカチではなかった。

「これちがう。わたしのじゃ……」

「どうぞこれ、乾かなかったから、これを」

「いいんですか、どうも……ありがとう」

ハンカチを受け取ろうと手を伸ばした。いきなりだった。わたしの右手首に知子の両手がからんだ。知子の両目は涙にうるんでいた。

「いつまで、いつまで…… 沖縄にいるの、どこ、どこに泊まっているの」

畳み掛けるような問いではあったが、その声は抑えられ、注意しないと聞き取れないほどの声だった。

「三〇日に帰る。それまで具志川の兄の家に泊まっている」

「会える？ 会える時間はとれるのー？」

「仕事は終わったから、明日から三日間は、全くフリーだ」

「進、わたし、話したいこと……いっぱいある。……いっぱいある」

「うん……」

「ねー、どこに連絡したらいいの」

わたしは、名刺を渡しながら。携帯番号を示した。

「いいのー、迷惑じゃないの、少しでもいい、時間ちょうだい、会ってくれる、ねー……」

知子は握ったままの手首をゆすった。その頬に涙がスーと伝わった。

過去を継ぐ島

伊江島へ渡るフェリーの客室は、南国の夏を楽しむ熱気にあふれていた。前の座席に陣取る学生と思われる、六人のグループが特にさわがしかった。関西弁で交わされる話に、時折手をたたきながら、笑い、嬌声を上げていた。まるで、テレビのバラエティ番組のリプレーでも展開しているかのような騒々しさだった。これも南の島の日差しのなせるわざなのか。「君たち、少しは他の乗客の迷惑も考えろよ」と、社会規範を説く気力も発揮できない、今どきの大人をわたしもなぞっている。眉をしかめながら焦点が定まらない目で、青いシルエットになって連なっているヤンバルの遠景をながめていた。

昨日、とうとう、知子からの連絡はなかった。

(そんな単純なものではないよなー……。あれから四七年も経ったのか、あれほどかたくなに、わたしたちとの音信を絶ったのだから。……)

あのときは、つい、感情のたかぶりのまま、「会いたい」、と口にしていたが。そんなに簡単に「過去のつながり」をつなぎ直したいと思うことほど……。これは確信に近かった。あり得ない期待感を心待ちしてはならない。そう思い切り、久しぶりに伊江島の「わびあいの里」を訪ねることにした。

この島は、わたしにとって精神軸の原点となる地である。沖縄における反戦平和の象徴である阿波根《あはごん》昌鴻《しょうこう》さんが闘った村であることもその理由であるが、遠く離れた静かな長野県で生活していると、いつの間にか、沖縄のうめき声さえ聞き分けられない自分を見ることがある。その時の特効薬はただひとつ。伊江島を訪ねること、そして、故阿波根オジーの遺志を継いだ人たちの気脈にふれることである。

そして、わたしはまたヤマトに戻ってくる。

沖縄本島北部の本部《もとぶ》半島から北西約九キロの伊江島は、周囲二二・四キロメートルの小さな島である。この小さな村の主な産業は農業であり、主要農業産品は葉タバコ、花卉《かき》などである。この島もご他聞にもれず住民は減少をつづけ、現在の村民総数は五千二百人余である。

かつて日本軍の重要な飛行場があったこの島は、沖縄戦では六日間にもわたる激戦地となり、村民の死者千五百人、日本軍の戦死者二千人、米軍の戦死者三百人にも及んでいた。その戦禍をのがれた島民も、やっと荒れ果てた大地にクワを打ち下ろし、農作業に汗を流していた。しかし、緑豊かな島への復興も中断させられることになる。

一九五五（昭和三〇）年三月一一日未明、アメリカ軍は三百名余の完全武装兵を上陸させ、住民に立ち退き命令を突きつける。住宅は焼き払われ、そして、ブルドーザーが生活のかけらまでことごとく押しつぶしたのである。

こうして鉄条網に守られた伊江島補助飛行場が新たに建設された。現在この飛行場は、米軍のハリアー（AV8B）機の離発着訓練基地、パラシュート降下訓練地として活用されている。

土地を奪われた農民たちは「伊江島土地を守る会」を結成し、阿波根昌鴻《あはごんしょうこう》氏（一八九九～二〇〇二）を会長にして、沖縄における反戦・反基地闘争の象徴とも言われる「非暴力」をかかげ、粘り強い闘いを繰り広げてきた。その結果、伊江島の六三パーセントを占めていた米軍用地は、今では、三五パーセントになるまで取り返した。

阿波根氏は一九八四（昭和五九）年、反戦平和資料館「命《ぬち》ど宝の家」を建設したが、氏が亡くなられた後は、謝花《じゃはな》悦子さんがその遺志を継ぎ、全国各地から「わびあいの里」を訪れる人たちに平和と命を説き続けている。

シーサーに迎えられ「わびあいの里」にたどりつくと、すでに、観光バスからさまざまな年代の来館者が下車していた。平和ツアーの一行らしい。この人たちを前にして、いつものように熱っぽく語りかける謝花悦子さんの姿を思い浮かべた。

（お忙しそうだなー。今日は、声を掛けずに、このまま失礼しよう）

わびあいの里の前庭を抜け、東江前の浜に降りていった。昼時ということもあり、砂浜に出ている海水浴客は、数えられるほどである。それにしても、日差しは容赦なく、噴き出した汗に灼熱が張りついてくる。モクマオウの木陰を見つけこの日差しから逃れた。ふーっ、と大きな息を吐き、それにしても、わたしには、ふるさとでの夏の暮らしは、とても耐えられそうにない。

干潮の海辺は海からの風も止んでいた。顔から首すじにタオル地のハンカチをせわしく運んでも、体内の熱気は冷めなかった。凪いだ海の対岸の本部半島は、思いの外、遠くに見える。先端の備瀬崎さえかすんでいた。

突然、携帯電話が着信音を響かせた。

「もしもし、知子ですが、進？　連絡が遅れてごめん。今、いいですか」

「はい、どうぞ」

心待ちしていたはずなのに、極めて事務的な口調での応答をしていた。

「ネー、今晩時間がとれるねー、店、早じまいをするから、九時以降になるけど」

「いいよ。今、伊江島だけど、二時半の船に乗れば、じゅうぶん間に合う」

「伊江島？　伊江島に親戚がいるの？」

「いや、ちょっと会いたい人がいたから。女性だよ。……。ただし、反戦・反基地と闘う素敵な女性だ」

気分が高揚してくる。そのため、わたしの軽口もなめらかだった。

「で、今晩いいの？　食事でもしながら、わたし、話したいことといっぱいあるから」

「いいよ、明日は、なんの予定もないし、久しぶりに若い頃にもどり、語り明かしてもいいよ」

「ほんと？　ありがとう。忙しいのにごめんね。わたし、沖縄市の中華飯店を予約しておく。具志川からだと、タクシーで二〇分もかからないと思う。有名なお店だから、天龍という店、空の天、そうそう、龍はドラゴン、そう、天龍、タクシーの運転手ならみんな知っている店だから、じゃ、いいのー、今晩九時ね。今、話しているのは、わたしの携帯だから」

「了解」

泣きぼくろ

中華飯店「天龍」は国道329号線のT交差点を右折し、坂道を登りきった頂上部にあった。道路の渋滞にも巻き込まれず、タクシーは約束時間の一〇分前に、中華飯店天龍の玄関口にすべりこんだ。

店内には冷えすぎるほどの冷房の冷気と中華のはしゃいだような香気が入り混じり、騒々しい賑わいを見せていた。

レジカウンターの女性は、おじぎとともに、すかさず声をかけた。

「お客さん、おひとりでしょうか」

「いや、連れがあります。上原知子という名前で予約されているとおもいますが」

「上原知子さんですね、お調べしますから、お待ちください」

「はい、承っております。九時から喜楽のお部屋をお取りしております。失礼ですが、伊波さんでいらっしゃいますか？　上原さんからメッセージを頂戴しております。上原さん二〇分ほど遅れてお見えになられるそうです。では、お部屋にご案内いたします」

案内された喜楽の間は、堀コタツ風の上に、中華飯店らしく円形のテーブルがすえつけられ、入り口を障子で仕切った和漢風が同居する小人数用の部屋になっていた。

「カウンターへのご連絡は、その電話をご利用ください。お客さん、先にビールをお持ちしましょうか。……。はい、承知しました。今、冷たいお茶をお持ちします。それでは、ごゆっくりおくつろぎください」

会食を済ませ隣室を出る、女性客のおしゃべりが聞こえてくる。

「月末だから、財政状況は破綻《はたん》をきたしております。ゆかちゃん、今日はお願い」

「またー、まー、いいか、次、倍返しよー、いー、い」

笑い声を引き連れた女性客が通り抜ける。かつては、こういうときタバコが間のある時間を埋めてくれたものだが、すっかり手持ちぶさたを持て余してしまう。堀コタツに足を入れたまま仰向けになり、天井に書き込まれた文様をながめていた。目の錯覚だろうか、その文様がつながったり、からまったりしているようにも思える。

(あの頃の知子はどんな顔をしていた。……。残像を引っ張り出しつないでみた。あいつ、天然パーマがかかったおかっぱ頭をしていたなー……)

澄井中学校の三学年の教室から、朗読する節子先生の声が聞こえてくる。黒板には右肩上がりの字で書き込まれた詩が見える。

雪　三好達治

太郎を眠らせ　太郎の屋根に雪ふりつむ。
次郎を眠らせ　次郎の屋根に雪ふりつむ。

「いいですか、つむとは、雪が降り積もるの、積もるの過去形です。この詩を読んで、どんなことが思い浮かびますか？　さあー、みんな目を閉じて、その状況を頭の中に描いてみてください。どんな風景ですか？　さー、誰か、心の中に、その情景が浮かんだ人、この詩から何を感じましたか？」

いつものように、最初に知子の手があがった。

「夜が更けていきます。太郎も次郎も夢の中です。雪は音もなく、みんなの家の屋根に降りつづけています。すべて音は消えたままです。暖かい家族に見守られ、今日も一日が過ぎていきます」

「知子、お前、何、聞いていたんだよー、節子先生は、つむ、過去形と言っただろう。降りつづけていますだと、現在進行形と、いうことだろう」

「だってー、わたしには、そう思えるんだもの」

「思える？　また、また、またー、知ったかぶりしてー、知子、お前、雪なんて見たことがあるのか？　やまと（沖縄から内地本土をさす用語）に行ったこともないくせに、どうして見たこともない、雪のことを思えるんだよー」

「見たさー、映画で！」

「それに、文字から音まで感じられるもんか！」

隆次と知子は、いつもこの調子でやりあっていた。

「……聞こえるもん。本を読んでいても、音は感じられるさー」

わたしも知子と同じ情景を思いうかべていた。しかし、自分の意見はしまい込んだままにした。

「わたし、雪が大好き、病気が治ったら、一番行きたいところは、やまとの雪が降りつもる町、そして、耳をすまして、雪の音を聞いてみる。あー、やっぱり、思っていたとおりに、雪は音もなく、つもっていくんだなーって、……」

「失礼いたします。お連れの方がお見えになりました」

わたしはあわてて上半身を起こした。立てひざのまま障子戸を明けた従業員のうしろに、右手で合図を送る知子がいた。

「ごめん、まったー？」

「待ちくたびれたよ。歳のせいか。待つことのこらえ性がなくなってきた」

知子は微笑みながら、わたしの正面に座る。

「飲み物は何にする？　とりあえずビールでいーい？　食事、まだでしょう。お腹空いたでしょう？　ここの四季膳はとても評判だから。それでは、おビールの後、四季膳をお願いします」

「おビールは何本？　はい、二本ですね。それでは、おビールを先に、承知いたしました。四季膳はいつお持ちしたらよろしいでしょうか。はい、あとですね。承知いたしました」

障子が閉められるのを待っていたかのように、知子はテーブルに突っ伏した。思いもよらないこの状況に、わたしは声をのんでしまった。

「進！　わたし……」

波が押しては引くような嗚咽は、ビールが運ばれてきてもやまなかった。

従業員はこの異様な光景を前にしてたじろいでいたが、私の目配せにうなずき、そそくさと部屋を出て行った。うめき声にも似たしのび泣きは小部屋を窮屈に感じさせる。私は声をかけることもなく、小刻みに震えている知子のうなじを見つめたままだった。

「わたし、わたしねー」

言葉はつづかなかったが、泣き笑いの表情を見せて顔をあげた。

「ごめんねー、念入りにしてきた化粧だったのに、すっかり落ちてしまった。ウッフフ」

涙で濡れた目の下を横長にたたまれたハンカチがなぞった。今までまったく気にとめていなかったが、花柄模様のハンカチが顔の上にあてられる動きの下から、見覚えのある左目じりの泣きぼくろが見えた。

（アッ、あのほくろ！）

隆次は時折、ロングホームルームの議論に飽きはじめると、投げやりの言葉を口にしていた。そして、いつものように、クラス委員の知子からたしなめられていた。

「もっと、まじめに参加してよ！」

「なんだ、知子、偉そうに、出される結論は決まっているだろう、いい加減に、この問題の議論は打ち切れ、堂々めぐりは時間の無駄、ムダ！」

「大事なことは、結論だけではないでしょう。論議の過程も」

「知子、君の仕切る力がないから、いつまでたっても議論がまとまらない。君は、いつも物事をややこしくするだけだ。そして、時間が足りなくなって、中途半端のまま、はい、おしまいだ」

「隆次も、斜に構えないで、まじめに参加してよ」

「えらそうに。大いに参加しているよ。議事進行だけでは、ことはまとめられないんだよ」

「何で、そんなに急ぐ必要があるの」

「俺たちには、そんな、ゆっくり構えていられる時間なんかないんだ！」

通路に投げ出した片足が貧乏ゆすりをはじめた。この頃、隆次は何事にもいらだっていた。

彼は二学期終了とともに、「軽快退院」という診断書を手に、三年間も離れていた故郷に戻ることが決まっていた。しかし、隆次は空白の年月を埋められないまま、その日が二〇日後にせまっていた。

「隆次、あなた、ハンセン病療養所から社会に出るのが、不安なものだからといって、みんなに当たり散らさないでね」

一番、触れて欲しくない隆次の弱みに、知子の言葉はささった。隆次はバーンと机をたたきいつもの悪態で応えた。

「なにぃー！　論議をまとめるリーダーシップがない君みたいなものがクラス委員をしているから、このクラスは消化不良の議論をいつまでもさせられる。知子、時間が足りないと言うのが、君の口ぐせだが、そうだろうなー、登校前に鏡ぐらいのぞいて来いよ。目の下に黒い目くそが付いているぞ。しっかり顔ぐらい洗って来い」

この泣きぼくろが槍玉にあがる、と議論は打ち切りになる。なぜなら、知子の大泣きが教室にこだましたからである。

（あの、ほくろだー……）

門中の血

（何とか、この状況を変えないと……）

「知子、具合が悪いよ。個室だろう。男と女が差し向かい、おまけに女性が泣きじゃくっている。この場面設定では、どう見ても、わたしの方が悪人の役回りだ。特に、目つきが悪い僕だから、なおさらだ、言わせてもらうけど。自慢じゃないが、これまで女性には泣かされつづけているけど、女性を泣かしたことなどないぞー」

知子はグスンと鼻をすすりあげ、泣き笑いの声をあげた。

「イヤだー、進、少しも変わらないねー、澄まし顔をしているかと思うと、いきなり冗談を言う癖があったけど」

「そうだっけー、自分では物思いに沈む少年だったような気がするけど」

「ゴメンねー、何か急にこみ上げるものがあったから、あー、すっきりした。進、あなた得したよー、数十年ぶりに流す女性の涙を目の前にしたのだから」

「ありがとうよ。では、その女性の涙に、感謝の乾杯といこう」

「もう泣かない。進、お酒は強い方なの」

差し出したコップに知子はビールをついだ。泡のたて具合から酒席になじんだ手の動きが見えた。

「でも、神様って、本当にいらっしゃるのねー」。乾杯の口をつけたコップには、まだ、半分ほどビールが残っていた。知子は、そのコップに目を落としながらつぶやいた。

「おいおい、大泣きの後、今度は神様、仏様の話か?」

「違うの、進、話しちゃおーかなー」

ニッーと笑いながら、彼女の据わった目が私をとらえた。

「意味ありげだなー、何か、底意がありそうな口ぶりだなー」

「あのねー、わたし、ハンセン病療養所から出て、もう、二度と、あの世界の人たちとは縁を持つまいと決意してきた。だから、そこからの音信のかけらでも届くと、神経がピクッ、と過敏に反応してしまって恐怖さえ覚えていたから」

「知子はずっと沖縄にいたのか?」

「いや、やまと(本土)の短大を卒業した後、沖縄で就職した。それからずっと沖縄」

「さっきの神様って、一体、なんのことだ」

知子は、飲み残しのビールを一気に飲みほした。

「進、うまいビールね、さあー、飲もう。ビール、もう一本お願いしようか」

「ビールはもういい、泡盛がいい」

「では、四季膳も一緒に出してもらうか」

わたしに同意を求めると、電話に手をのばした。

「お料理、そろそろお願いします。泡盛、久米島の久米仙あります。古酒、そう、とりあえず二本、お願いします」

「聞きたい? さっきの神様の話……。あのねー、わたし、昔の、あの場所の縁はすべて断ち切ってきた、と話したでしょう。でも、不思議ねー、ふと、一人きりになることがあるでしょう? そのとき、かたくなな決心とは裏腹に、あの屋我地《やがじ》島での映像がつぎつぎと思い出されるのよー。そしたら、得もいわれないしあわせ感で胸の中があふれそうになるの。人間って複雑ねー、こんなにもあのことから逃げているのに、反面、いつかは、あの頃の人たちと出会いたいと心待ちしているところもある。しかし、結局は逃げてしまう。わたし恐いのよー……。一九九六年、ちょうど一〇年前ね、とても苦い記憶だから、しっかり覚えている。牧志公設市場知っているでしょう？　後輩の金城末子と、そう、一年後輩の元気な末子よー、その末子とばったり出会ったことがあったさー、末子は気がついてすぐ声を掛けてくれたけど、わたしは知らんぷりして人ごみに逃げ込んだ」

（上原知子が私たちの世界から関係を絶とうとしているとの噂は、やはり、本当だったのだ。）

「でも、信じてもらえないかも知れないけど、一方では、妙な確信もあった。でも、これは、わたしのお願いでもあった。あのねー、わたしが、あの頃の友だちと最初に出会う人、誰だと思う。……。私、お願いしていたから……。進、あなたよー、ねぇー？　神様はいらっしゃるのよー」

さきほどの場面に困惑した従業員は、障子戸の前から声をかけた。

「お酒と四季膳お持ちしました」

知子は自分で障子戸を開け、お膳を受け取り、膳と酒をテーブルに並べた。

「御用は、その電話でお申しつけください」

「泡盛、水割りにする？　生？　そう？　ウチナーの男はそれでなくっちゃ、お箸で大丈夫？　不自由だったら、わたしが口に運んであげるから。はい、おしぼり」

まるで、鬱と躁を早送りしたように、知子の口調ははしゃいでいた。

「知子は何の仕事をしていた？」

「最初の仕事先は那覇の小さな商事会社。わたしの人生の歯車。それから狂いはじめた」

区切るような言葉だったが、その口元がゆがんだ。

「わたし以外はすべて親類縁者で、従業員は一二名の小さな有限会社。扱い商品は医薬品。私、先代の社長に見初められた。ウフウフッ……、すごいでしょう？　その会社の二代目の結婚相手によー。おまけに、元屋《むーとやー》（本家）の長男の嫁よー、玉の輿さー……」

含み笑いを浮かべた話し方は、わたしが最も嫌いなものだった。

「わたしの両親は最後までこの結婚話に反対だった。その理由？『知子は大事な時期に療養所生活で、親はじゅうぶんなしつけも身につけさせることもできていない。ましてや、相手が元屋の長男となると、古くからの沖縄の催事や先祖の祀りごととなると……、知子には、この役割はとても務められない』両親の反対は大当たり！　わずか二年目に婚家をたたき出されてしまったのだから。わたし、嫁失格、そして、母親失格!!」

「知子、その話は、もういい」

「いや、ねー、わたしの話、最後まで聞いてよ。誰かに、すっかり吐き出したいのだから」

「……」

「歯車が狂いはじめたのは、先代の義父《ちち》が急逝してから。二代目社長のわたしの連れ合いは、急に張り切りだしたの。先代の軛《くびき》がそんなにも重たかったのかと驚くぐらい。事業は冒険だ、リスクをとらないと発展はない。などと言いはじめた。先代は石橋を叩いて渡るような人よ、まるっきり経営方針が変わってしまった。その頃からよ、胡散臭い得体の知れない人たちが出入りするようになった。そして、新しい事業案がつぎつぎと持ち込まれ、昼はゴルフコンペ、夜は接待と、わたしの耳にまで女性の噂までがとどくようになった。まるで、人格まで変わってしまった」

「わたし、専業主婦するまでは、経理事務を担当していたから、義母《はは》に子どもを見てもらって会社の経理に戻って、帳簿を見るようになった。わたしの元の肩書きすごいよ、経理担当専務。帳簿をチェックしてみると、使途不明の出金や借入金の増加はあるし、事業の資金繰りは火の車状態よ、そのことを指摘すると、『ウルサイ、女に何が分かる、黙れ、事業に口を出すな！』でしょう。案の定、手形詐欺に引っかかってしまった」

経営者の資金繰りの困難さは、経験した者でなければ実感が持てないが、一時期、わたしにも夜も眠れない日々があった。久しぶりに「資金繰り」「手形」という用語を耳にしただけでも、身が引き締まる思いがした。

「覚悟を決めると女は強いものよ！　手形を取り戻しに暴力団事務所に乗り込んだこともあった。でも、事業の資金繰りと手形決済の自転車操業って、みじめなものねー」

「うん、不渡りを出したのか」

「いや、義母には、お父さんの一周忌も迎えないうちに、手塩にかけて育てた会社を倒産させてしまっては申し訳が立たない、と泣かれるし、その願いに応えるために、わたしたちに残された切り札はひとつしかなかった。元屋として代々守ってきた土地財産を手放し、何とか会社を生き延びさせることはできた……」

知子はぐい飲みの泡盛を一気にあおり、抱瓶《だちびん》（カラカラ）から、コップに泡盛をなみなみと注いだ。

「あー、いやだ、こんな話、進、酔っ払っていーい？」

「そのことと婚家を出たこととは関係があったのか？」

「うん、門中（同じ先祖を持つ父系の血縁集団）が騒ぎはじめた。本家の跡取り息子は、酒と女の噂が聞こえてくる。その上、元屋の土地財産は、みるみる切り売りされていく。ただごとではないでしょう。あんなに温厚だった茂人さんの人格が変ったようになるでしょう。その人？　わたしの前の連れ合いの名前よ！　収拾がつかなくなって、わたしは会社の経理を再度、見るようになったでしょう。こんなになるまで事態を深刻な状況に追いやったのは、すべて、経理担当専務のわたしの責任という非難が一斉に起った。なんだかんだと言ったって、やはり、血は水よりも濃しよ。元凶は外から入り込んだ嫁となった……」

「その茂人さんだっけ、元旦那は、君をかばってくれなかったのか」

「皮肉なことには人生の不運は、重なるものねー、この商事会社は主要商品が医療品だったから、ハンセン病療養所とも取引があった。どこで耳に入れてきたのだろうかねー、従業員のひとりが、わたしの二年間、療養所に収容されていたことをすっかり調べあげてきたのよ。どうせなら、結婚前にしっかり身元調査をしてくれればよかったのにねー」

「そんな馬鹿な理由で……」

「進も飲んでヨー、愚痴話を思い切り話しているのに、聞き役が素面では卑怯千万、許せないよー」、とわたしにもコップに酒を注ぎすすめた。

「君は見初められたのだろう？」

「そうよー、そして、大恋愛よ。結婚後一年して、立派な跡取り息子まで産んであげたのに」

「その子どもはどうしている?」

「元気にしているそうよ。わたし、偉いでしょう。立派な跡取りだけは産み残して来たから」

「元気にしているそうよって、どういうことだ」

「門中(親族)会議は最悪だった。……何を言われたと思う。——血のよごれた嫁が、われわれをだまして、わが門中の血を汚した——、おまけに、門中の財産まで食いつぶした。まさに鬼嫁ねー……。そして、離縁、オ・シ・マ・イ」

「子どもに会わせてもらえないのか? いくつになったのだ?」

「三五歳。たたき出された時、子どもはまだオムツも取れていなかった。おもしろい話を聞かせてあげようか。離縁話をみんなで相談しながら、何をしたと思う。息子ねー、わたしに内緒で、診察を受けさせたのよー。馬鹿な話よねー。当たり前じゃないの、息子は健康体。血の汚れた母親が産んだ子なのに、今度は、手の平を返したように、——息子は置いていけ、おまえは出て行け——、それでおしまい」

「君、そんな理不尽な! 君もそうだが、君のご両親が、良く黙って聞き入れたねー」

「いや、両親には離婚の理由は教えていない。わたし、離縁を受け入れることと引換えにひとつだけ条件を出した」

「条件？」

「そう、離縁されるにふさわしい理由よ……。――この嫁は、格式あるこの家柄になじまない。おまけに、事業経理をまかせると穴をあけてしまうし、その結果、土地財産まで手放さざるを得なくなった。取り返しのできない門中の恥をさらした。――。どう？　これ立派な離婚理由でしょう。わたしから茂人さんにお願いした……」

「……」

「だってー、わたしのハンセン病発病を弟と妹にさえ、ひた隠しにした両親よ、これ以上の重荷を背負わせるわけにはいかないでしょう。父と母を……新たな地獄に引きずりこむような、こんな話……」

(胃腑に泡盛を流し込んでも、酔いは迫ってこなかった)

「ご両親は元気なのか？」

「いや、二人とも鬼籍に入った」

「その、本当の理由を知らずじまいか？」

「親子だもの、何かを感じないはずはなかったと思うけど。一言もそのことに触れようとしなかった。かえって、わたしはそれがつらかったけど……」

「子どもとはその後、会っているのか？」

「恥さらしの母親よー！」

含んだような笑いを浮かべながら話はつづいた。

「子どもも家庭も、すべて消えてしまった。わたしの人生も嵐の中に難破してしまった。ひとつ残らず、海の底……。療養所時代のわたしの二年間のすべてを消して、世間様と折合おうとしたのに。それでも、世間はわたしへの仕打ちを打ちどめにはしてくれなかった。それで思い知ったのよー……」

知子は顔の前で両手をひらひらさせ、射すくめるような目で私をにらんだ。

「ねー、進！　教えてよ！　過去は、過去は、変えられないものなのー」

指文字

先ほどから何度も飲み込んでいた質問を知子にした。

「再婚は？　……」

返答を返す先に哄笑がついていた。

「嫁と母親欠格者だからねー、そう、あれからずっと独り、ヤンバル女（沖縄本島北部地域をさす別称）は強いよー！　泣きくれている暇なんかなかったから。無一文で叩き出され、生きていくために何でもした……。どうにかなるものなのよ、日にふたつも三つも仕事を掛け持ちして働いた。わたし、頑丈にできていたから。……。今の生活？　心配いらないよ。やっと、あの家、あなたが来てくれた店の門があった家、あれわたしの家。花簪はその一角に店を開いた。贅沢しなければひとりの生活にはじゅうぶん。だいじょうぶ、大丈夫さー……」

「ところで、お互い偽名に、すっかりなじんだままだが、知子の本名は何と言うんだ」

「わたし、姓は島袋、名前は百合子よ。でも、あなたと話していると、百合子と呼ばれると、なんだか居心地が悪いね、やっぱり、進、知子がしっくりくるさー」

知子は指を濡らし、テーブルの上に――ススム　トモコ――と記した。

「あなたが療養所にいたころ、あなたの家族は、よく面会に来ていたけど、今でも行き来はあるの?」

「変らないよ、両親は亡くなったけど、兄弟や従兄弟たちとは同じつきあいだよ」

「法律も廃止されたし、賠償金も支払われたし、マスコミでも盛んにハンセン病問題は取り上げられるようになった。社会意識は啓発されたはずなのに、本音のところでは、やはり、この病気は歓迎されない対象なのねー。わたしの店でお客さんが話しているのを聞くと、嫁取り、婿取りの段階では、さかのぼって、この病気の家筋だとかを話題にしているよー」

「わが家では、そんな違和感はないなー、姪や甥は、付き合いがはじまった相手を、見せびらかすように紹介しに来るし」

「いいわねー、あなたの家族や親戚は、きっと、異星人の集団よ、きっと、そうよ」

一昨日も甥から彼女の紹介を受けた際、――こいつ、世の中のことに疎いから、おじさんが書いた『夏椿、そして』を読んで、少しは社会問題に関心を持ってもらいたいから、サインしてよ――、と頼まれたことを口にしようとしたが、そのことは言えなかった。

「わたしの生まれ島、知っている?」

「いや、知らない」

「ヤンバルのS島、今は橋が架けられ、ずいぶん便利になったけど」

「S島か、昨日寄ったよ。その島。伊江島行きフェリーの一番便に乗りそこねて、時間待ちをしている間にまわってきた。タクシーの運転手によると、その島はハブどころらしいね。実家はまだその島にあるのか」

「いや、わたしが発病してすぐに島を離れた。橋がなかった島の生活は大変だったから、と父母は話していたけど、きっとわたしの病気が理由だと思う。あの頃、安定した働き口は、軍作業しかなかったでしょう。沖縄本島に移り住んだ。今、弟が沖縄市でトートーメー(仏壇)を守っている」

「あの頃、現金収入が得られる場所は、みんな米軍基地が頼りだったからなー」

「ねー、覚えている? あの頃、頻繁に各市町村から慰問団が来ていたでしょう。それぞれの出身地が来るとなると、部屋に隠れていたねー。わたしのふる里は療養所から近いし、顔見知りの人たちが大勢で来るから、胸をドキドキさせながら身を隠していたさー」

「今日は、○△村からの慰問団だから、喜瀬君と下地さんは部屋から出ないように、わざわざ寮父母から事前に注意を受けていたぐらいだったから、当時は、とにかく、隠すことに全力投球をしていた時代だったから」

「進、あなたの療養所入園は、確か、一九五七(昭和三二)年の五月でしょう? わたしは四月だから、ほとんど同時期ね」

「そうだったのか、君はずいぶん古株の顔をしていたから……」

「S島は土地も狭いでしょう。農漁業だけでは生活を支えられないから、父は対岸のM町で土木作業をしていた。本島は海に挟まれ島から六〇〇メートルの距離があるでしょう。当時、唯一の交通手段は、小さな渡し舟だから、父親は毎朝、一番船にあわせて玄関を出ていた。この光景は父親の存在証明のようでもあった。朝の挨拶は元気いっぱいにしなさいが、父親の口癖だった。──いっていらっしゃい──子どもたちが玄関先に出て口をそろえるでしょう。父親は玄関のガラス戸がビリビリするぐらいの声で──行ってくるよー──、と声が返されていた。それが、数日前から変だったの、父親はコックリとうなずいたり、返される声も小さいものだった」

発病時のまわりの雰囲気の変化は、わたしたちの誰もが目の当たりにしてきた。急に、家族の団欒に言葉が少なくなり、隣近所の挙動に過敏になってしまう。

「ところが、あのときは、二日前から父親は終日家にいて、母とヒソヒソ話をしているでしょう。なぜだか、わたしも学校を休まされていた」

──両親のヒソヒソ話……このシルエットはわたしの記憶の中に残されている──

「ねー、進、あなたいくつの時に、那覇の街に行ったの?」

「一二歳かなー」

「びっくりしなかったー? こんなにも人が大勢いる。車がひっきりなしに連なっているでしょう。山形屋デパートのエレベーターにも乗ったし、何よりも、いろんな商品がたくさん並んでいるでしょう。道を歩く人も、お正月のようにきれいな服を着ている」

「ぼくの最初の記憶は、与儀市場でいわしの天ぷらを食べたことだなー、こんなにおいしい食べ物がこの世界にあることにびっくりしてしまった。いやー、那覇の人たちはいいなー、とそのときに思った」

「それによー、父に手を引かれて山形屋のお菓子売り場まで行った。ショウウインドウの中には、絵本でしか見たことのないいろんなケーキが並んでいるでしょう。わたしヤンバルではこんな豪華な陳列を見たことがないから、顔をくっつけるようにして見とれていた。すると、――百合子、ケーキを買おうか。よーし、今日は奮発して、一番大きなデコレーションケーキを買ってあげよう、でしょう。バスや船の揺れにもビクビクしながら、こうして抱きかかえて島まで戻った」

ケーキを抱え、歩く様子を再現する仕草が滑稽で、つい、わたしも笑声をあげた。

「子どもだったのねー、このうれしい驚きの連続は、わたしが那覇保健所で診察を受けたことと結びついていたなんて、少しも考えなかった」

「田舎の子どもたちにとって、那覇は輝いていたからねー、那覇に行くのは、今の外国旅行と同じレベルだったから」

「食後のわが家では、わたしが那覇の話をするでしょう、ケーキも切り分けられて、歓声の渦よ、弟や妹も、――いーなー、いいなー――の連発よ。大騒ぎが一段落したことを見計らうように……」

知子は残っている料理に箸をのばした。

「進、わたしが食べさせてあげる。口を開けなさい。ここのラフティー美味しいよー」

冷房の冷気にさらされたラフティーも、また、違う食感を口の中にひろげた。

「おいしいでしょう。ヤマトでは味わえないよ。このターウム(田芋)も、はい」

わたしは口を開き、箸の動きに従った。

「……。胸が痛くなるさー、父の心の中を思い返すと——百合子、明、芳子静かにしなさい。これからお父さんが大切な話をするから、ちゃんと聞きなさい。寂しくなるが、新学期から百合子姉さんは、那覇の中学に転校することになった——わたしが一番びっくりしたさー、でも、頭をよぎったことは、あの那覇で、また那覇に行ける。胸、ドキドキさー。弟の明は四年生だったから、——いいなー百合子姉ちゃんは、僕も行きたいなー——。父親はまばたきをパチパチさせながら——そうか? 明も那覇に行きたいか? 那覇に行けるように、今からしっかり勉強しなさい——。その時の両親の気持ちを想うと……」

「……」

「翌日、父に連れられてたどりついたところが、あの屋我地島だったわけよ」

「弟や妹たちには、君がハンセン病療養所に行ったことを、いつ知らされたんだ?」

「知らされていないよ。今でも、知らないまま」

「今も知らないのか?」

「そうよ。だから、あなたたちとのあの場所で過ごした二年間は、わたしには、存在してはいけないのよ！」

まだ引きずらされている。……。ハンセン病の烙印。しぶとく、そして、重い。……。せめて、二〇年だけでも、いや、一〇年でもいい。時間を巻き戻して解決していたら、このような無駄な涙は、流されないで済んだはずなのに……。

「あなたは中学校卒業後に、屋我地を逃げ出し、ヤマトに行ったでしょう。わたしは、宮崎県の高校を受験した」

「宮崎？」

「親戚が宮崎県にいる。戦争疎開後にそのまま宮崎に定住していたものだから、そこから高校へ通わされた。ひとつの隠し事は、また新しい対処方法を用意するしかなかったみたい」

「あの頃の沖縄では、仕方なかったのかも知れないなー」

「父も母も弟や妹にさえわたしの発病を隠し通したまま、とうとうあの世にもって行っちゃった。でも、時折、弟も妹から——お姉ちゃんは、那覇の中学時代の話を、ぜんぜんしてくれない——、と言われると、ドギマギするさー。だから、あの二年間と結びつくすべてのものを消してしまった。あなたたちも……」

「沖縄タイムスと琉球新報の書評欄で、あなたの本が取り上げられていたでしょう。わたし、あわてて買い求めて読んだから」

「ありがとう」

「あなたも、いろいろあったのねー」

「うん、いろいろあったから……」

「格好いいネー、原理原則を曲げずに生きた男の生きざまは！」

突然、語気を強め、鋼の針を含んだような言葉が向けられた。

「わたしねー、あなたに言いたいことがある。……。あなたねー、ちょっと気負い過ぎよー、それに、ガンバリ過ぎ！」

「うん、多少、あったかもなー」

「多少じゃない。あったのよ。あなたねー、信念と言えば聞こえはいいけど、時代と世間を甘く見ていたんじゃないの。だから、大きな代償を求められたのよ」

「代償は、すべて負だけでもなかったと思うけど」

「それが独りよがりなのよ、自分の生き方に有無を言わせず、周りに押し付け、あなたは家族の悲鳴さえ聞く耳を持っていなかった。家族も守れない社会との闘いなどあるわけはないでしょう、わたし、それがどうしても許せない」

「……。もっと、人間としてのやさしさが……」

「何よ、そんな格好いい言い方。自分の家族に注げないやさしさなんて、何の値打ちもないもの！　偽物よ！」

「ぼくは……」

「屁理屈や言い訳は聞きたくない！」

挑むような視線で言葉を投げつける知子に、うつむいたまま言葉を返さなかった。

「進、ゴメン、気を悪くした？」

一転して、言葉の調子が変った。

「いや」

「でも、わたし、少しは気持ちが救われた。あなたの本『花に逢はん』の中で、子どもたちと再会する場面があったでしょう。だから、……。あなたを許してあげる。よかったねー」

泣き笑いの知子の頬を、また、涙の筋が走った。それを隠すかのように立ち上がり、フロントへの電話に手を伸ばした。

「お酒お願いします。うん、二合でいいです」

席へもどる折、なぜだが、知子は私の背中を広げた両手でバーンバーンとたたいた。

「酔っぱらってよー。ねー、進……。わたし、もう少し正直になるねー……。言っちゃおうかなー。本当はねー、あなたがうらやましいんだ……。時々ね、わたし思うことがあるさー。このことを言うと、あなたは怒るかも知れないけど、これ、本当だから……。このわたしにも、病気の後遺症が身体に残されていれば……。少しは居直って、居直るという言葉、この表現、ちょっと違うナー、まあ、いいかー。あなたのように、ビクビク逃げまわることなく、もう少し、強く生きることができたのかも……。この気持ち、進！　分かる？　分からないでしょう？　中途半端なのよ、わたし！　わたしのすべてが……」

「障害や後遺症などひとつもご利益などないよ！」

「わたしだって、ハンセン病への社会の考え方はおかしいと思うよ。わたしの病気は治った。だから、もう普通の人間だと、確信を持っているよ。でも、ずるずる後ろずさりして行くのよ。やっぱり、わたしは違う、普通の人間ではないと……」

「……」

「過去を棄てる。隠す、逃げる……。もうー、みんなイヤ！　……。イヤ！」

子どもが駄々をこねるように、頭を振りつづけている目の前の知子をみつめながら、この女性が抱えてきた時間の色合いを考えていた。


「話はかわるけど、わたしねー、今、手話を習っているんだー」

「ほー、意外だなー」

「手話っていいのよー。話したい人とだけ会話を交わせるし、それに、他人から聞かれる心配もないから」

「君、人と人の会話って、秘密の話ばかりでないだろう。それに、話すことで人は理解し合える。手話を内緒話の目的に利用したいとは、目的外活用で問題だなー」

「わたしは、いや！　話したい人とだけ通じ合い、その会話は誰からも盗み聞きされない。そうなれば、とても安心だと思う。あなたは、長い間、社会福祉の仕事をしていたから、手話はできるでしょう？」

「いや、残念ながら、僕の両手は後遺症で指がこんな状態だから、指を活用する手話はできない」

「そうかー、ごめん……。進、その手、貸して!」

知子はそう言うなり、身を乗り出し、いきなり手を伸ばして私の両手をつかんだ。そして、その両手に手を重ね、自分の頬を包むように引き寄せた。わたしは、しばらく彼女のなすがままにまかせていた。

「……この手で、この手でがんばってきたのねー……。この手で……」

きっと、頬ずりを受けている両手には、熱っぽい鼓動が伝わっているはずなのに、知覚を失った両手からは、ぬくもりのかすかな信号さえ送ってこなかった。わたしの視線を感じたのか、知子はあわてて照れ笑いを浮かべ、わたしの両手を解き放した。

「……。では、指文字は読み取れるの?」

「指文字なら、かろうじて読み取れると思うよ」

「じゃー、わたしの指文字を、ススム、声を出して読んでよ」

姿勢を正した知子の顔の前で、指文字が作られ送られた。

「わ」

「た」

「し」

「た」

「ち」

わたしは知子が示す指文字を声で追いかけた。

「き」　「よ」　「う」　「だ」　「い」　「?」

「もう一度、最初から!」

知子は声を絞って泣いていた。

指文字が舞っていた。まるで踊りの所作にも似ていた。

「わ・た・し・た・ち・き・よ・う・だ・い・?」

区切るように読み上げるわたしの声に、指文字を送る知子の声も重なった。

「進!　おねがい、もう一度……」

「わ・た・し・た・ち……」

頷きながら声を出し、追いかけている指文字が、次第ににじんで見えた。

交差路

六三歳の亥の年、信州塩田平の初陽は雲ひとつない空に登った。暖かな元旦である。今年も穏やかな日々を、と念じながら手を合わせる。

何と言っても、年頭、まずわたしをなごましてくれるのが年賀状である。その一枚いちまいをめくりながら、あー、また、新しい家族が加わったか……と、つい、口元がほころんでくる。その反面、古い知人たちからの賀状は、年々少なくなっていく。華やぎと寂しさ、この相反する気持ちを実感させられるのも、この日である。

――まわりもすっかり歳をとってしまったなー……そして、わたしも――

この章に登場する山室郁さんは、すでに亡くなられた。鈴木重夫さんは音信が途絶えたままである。この二人とお会いしたのは、「らい予防法」が廃止された直後の一九九七（平成九）年から翌年にかけてであった。従って、その後の国家賠償訴訟判決も控訴断念以後のハンセン病問題の劇的な変化も、まだ、目のあたりにしていなかったが、わたしにはある予感があった。

今、訪ね歩き、話を聞いておかなければ、この人たちの心も口も閉ざされてしまう。急がなければ……。

人権という法理念も医学も進歩した二十世紀に、なぜ、これほど長期にわたって、このような悪法が生き延びてきたのか。間もなく、この国のハンセン病政策を支えていた「らい予防法」と「隔離政策」は、歴史検証を受ける。隔離政策は国家政策であったが、その政策を積極的に支持し、推進した光田健輔氏を頂点とする「らい学会」は、当然のように社会的指弾を受けるであろう。

この政策の下で被害を受けた者は、もちろんハンセン病という烙印を押された病人やその家族であることは間違いがないが、すべての人生をハンセン病医療に捧げた人たちも、また、別の意味で誤った医療行政の犠牲者といえる。

生涯をかけハンセン病療養所の医療と運営に関わった人たちにとっては、ある意味で「人生」の再評価を突きつけられているようなものである。

「わたしの生涯をかけた職務とは一体、何だったのだろうか？」

ましてや、ハンセン病患者の収容に直接あたった者ほど、この自問自答は厳しくならざるを得ない。

かつて、当時の社会認識からすると、ハンセン病療養所の職務に従事することは、特別な覚悟が求められていた。少なくとも、病人たちを排除し、拱手したままの多くの国民たちとはちがい、ある志と決断をしなければ、赴任できなかった特別な場所であった。

人間社会の理性が歴史を検証する。しかしながら、「人間の復権」は獲得できたとしても、失われた時間の巻き戻しはできない……。

島の遠景

「そうですか。河野重雄先生からのご紹介ですか、どうぞ、どうぞ。春陽苑まではK駅で下車しますと、徒歩で五、六分ですから」

「それでは、三月の一一日、えー、そうです。木曜日です。午後一時頃、お伺いします」

「何しろ、遠い昔の話でしょう。今月の八月には九〇歳を迎えますので、お役に立てますかどうか。ご来苑いただきますなら、喜んでお迎えいたします。えー、それでは、楽しみにしております」

しばらくして届いた山室郁さんからの手紙には、K駅から老人ホームまでの案内図が丁寧な順路説明文まで添えられていた。

――改札口を出て右折→階段を下りる→自動販売機を右に直進→コンビニYを左折→すぐに春陽苑です――

道案内は完璧《かんぺき》であり、迷うことなく春陽苑の看板が見えてきた。

高齢者の動きに合わせたのだろうか、玄関の自動ドアがゆっくりと開いた。正面ロビーのソファーでは、数組のお年寄りがおしゃべりに興じていたが、その視線が一斉に向けられた。わたしは作り笑いを浮かべながら頭をさげた。

事務所窓口には、来客者名簿が用意されていたが、わたしが本日の最初の来苑者で、三月一三日の行頭に名前を記入した。

「山室郁さんにお目にかかりたいのですが」

「来苑くださり、ご苦労さまです。お呼びいたしますので、しばらくお待ちください」

窓口で対応する職員の笑顔が心地良かった。

間もなくだった。九〇歳という年齢から描いていたわたしの先入観はもろくも崩された。萌黄色のカーディガンに袖を通さず羽織った婦人が、足取りも軽く微笑を浮かべながら現われたのである。

「いらっしゃい。道案内は確かでしたか？」

「はじめまして。このたびは、無理なお願いにもかかわらず、お聞き届けいただき、ありがとうございます」

「お役に立てますかどうか。どうぞ、お部屋へ」

案内された廊下突き当たりの部屋は庭に面し、早春の陽ざしがさし込んでいた。部屋中央にコタツがすえられ、手が届く範囲に家具調度が整えられており、一切の無駄を省いた日常生活がうかがいしれた。

「ここの生活は、決められた起床時間も消灯時間もありません。ただし、食事時間だけは、みなさんホールでご一緒するようになっていますが。その他はそれぞれが気ままに生活しております。各部屋に光熱水費ごとのメーターがつけられておりますので、わたしなんか遅い時には、早朝の三時まで読書していることもあります。いやー、全く極楽ですよ」

「よろしいですね。これまで、懸命に生きてこられたのですから」

「子どももいませんし、ここの暮らしは安気そのものです。そこから見える並木、あれ桜並木です。四月になりますと、この部屋から居ながらにして、満開の宴の馳走にもあずかれますのよ」

窓の外は冬枯れの芝生の庭が見渡せた。

「お飲み物はコーヒーでよろしいですか？」と、わたしに問いかけながら、新しいインスタントコーヒーの蓋が開けられた。

「年寄りばかりの来客ですので、お砂糖は？ そうですか、ミルクも？ コーヒーがお好きなんですね。ブラックとは」

山室さんはわたしにコーヒーをすすめ、自らはお茶を注いだ。口をつけたコーヒーの味は驚くほどの濃さであった。

「早速ですが、本日お邪魔いたしましたのは、昭和一〇年代のハンセン病患者収容に関わるお話をお伺いしたいと思いまして、何しろその当時を経験なさった方は、次第に少なくなってしまいましたから、ぜひ、その頃の状況をお聞かせ願いたいのですが」

「そうですねー、あの頃の同僚は、皆、八〇歳、九〇歳を超してしまいましたから、生き残っているのも数えるほどになりましたから」

「鹿児島の星塚敬愛園《ほしづかけいあいえん》に勤務されたのは、いつですか？」

「昭和一〇（一九三五）年です」

「そうすると、敬愛園の開園に立ちあわれたのですか」[*1]

「そうです。初代園長の林文夫医師とご一緒して赴任しました。療養所の開園に立ち会うというのは、即、九州各地の患者を収容してまわることから始めなければなりませんでした」

「ずっと、勤務はハンセン病療養所ですか？」

「いいえ、昭和一二年から四年間は、赤十字救護看護婦として召集され戦地です。それから結婚しまして、一時家庭に入り療養所とのご縁は中断しましたが、戦後、再び星塚敬愛園に勤務し、昭和三八年まで勤めておりました」

「昭和三八年まで勤められていたのですか？　そうすると、わたしは山室さんにお世話になっているのですねー、わたし、三五年の三月から一年間、星塚敬愛園におりましたから」

「そうですってねー、歳《とし》のせいですか、少しも覚えがなくて……。総婦長の仕事は、事務職と同じようなもので、現場とは疎くなってしまいます」

「高校受験のために、わずか一年の在園でしたから」

「あの頃、アメリカ施政権下の沖縄のハンセン病療養所からつぎつぎと子どもたちが逃げ出してきていましたね、その中のおひとりですか？」

「えー、そうです。ところで、林文夫初代園長は、ずいぶん情熱的な方だったと伺っておりますが？」

「頭の中は四六時中、すべてハンセン病患者のことだけでした。先生の講話は、それぞれがとても興味深いものでしたが、その中で今でも記憶に残っているのが、アフリカ探検家のリビングストンの話です」

「イギリスの探検家の？」

「そうです。ある時、英国首相がリビングストンに問われたそうです。『今、汝《なんじ》の望む物を与えよう。金、爵位、官位か？』と。彼はその問いに次のように答えたそうです。『私の望みは、ただひとつ、アフリカの黒人が奴隷の境遇から救われんことを』と」

「いやー、初耳です。リビングストンがアフリカの黒人たちの地位にこのような思いを持っていたとは」

「林園長の講話は、次の展開につながっていたのです。『日本には解放されるべき奴隷はいない。しかし、奴隷と同じ存在の人たちがいる。それは、病と因習の鉄鎖につながれた癩者《らいしゃ》とその家族である。私にもし、汝何を望むか、と問われたら、即座にこう答えるであろう。日本の奴隷、癩者が救われんことを』と」

「日本の奴隷はハンセン病者ですか」

「ええー、いつもわたしたちにそのように話していました」

「敬愛園の開園は、昭和一〇年一〇月二八日でしたね。すぐに患者収容へと動き出したのですか？」

「えー、開園の三日後には、第一回収容班が福岡、宮崎から患者一五人を収容して来ました」

「確か敬愛園は定床三〇〇ベッドですね。それならすぐに満床になってしまったのではないですか？」

「いいーえ、それが……。園長は開園にあたりすぐに、九州各県の関係機関に患者送致依頼の要請書を出していたのですが、各県からの反応は全くありませんでした。その頃は、各地で身を潜めている病者たちの悲惨な状況には、各自治体は少しの関心も払われていなかったのでしょうね。園長の気落ちしたお姿を間近に接していると、お気の毒で……。ただ、沖縄と奄美だけは違いました。患者収容の督促電報が打たれてくるぐらい熱心でした」

「それで、沖縄、奄美大島への患者収容に向ったのですか？」

「それだけではありません。林園長は昭和一〇年五月、沖縄屋部[*2]で起こった焼き討ち事件直後に現地を訪れ、病者の惨状を目の当たりにしていましたし、奄美大島に大熊《だいくま》という人口一二〇〇人ほどの村があります。そこの青年団から特に、熱心な陳情がありました」

「青年団からの陳情ですか？」

「そうです。――大熊は今日まで、癩多き字《あざ》といわれ、耐えざる圧迫を受けてきた。郷土の発展のためには、どうしても、まず、癩の浄化から出発すべきである。従って、この際わが集落全員の検診を行ないたい――との熱心な要請もありましたから。沖縄隊の指揮は塩沼英之助医師があたり、奄美隊は林園長でした」

「隊とはずいぶん大掛かりですねー」

「当時の時代の反映でしょうね。祖国郷土浄化の旗を掲げ、患者をひとり残らず療養所に隔離収容し、この悲惨な病気から国民を守る。この使命感に駆り立てられていましたから」

「その結果、患者はそれぞれ何人が収容されたのですか？」

「沖縄から一三〇人、奄美大島からは一一二人をお迎えしました」

「山室さんは奄美隊への参加でしたね。どのような状況でしたか？」

「当時、調査による全国各地の患者基本台帳がありました。それによりますと、奄美大島には一六名の患者が記載されていました。しかし、実際に住民検診をしてみると、新たに一一二名の患者が発見されました。患者台帳は、内務省が所管の警察署に命じて作成されたものですが、医学的知識を持つ者によって把握された資料ではありません。ですから、実際に現地に赴いて調査した結果とは、余りに違いすぎていました。林園長は正確な実態把握がなければ、科学的ならい対策は立てられないと、それで精力的に九州各地をまわりはじめたのです」

「検診隊は、各地に出向いてどのようなことをするのですか？」

「ハンセン病に対する正しい知識普及のための講演会や座談会、そして住民の一斉検診です」

「奄美隊は奄美大島にいつ到着したのですか？」

「確か一一月二六日だったと思います。その翌日から、台帳に記載されている病人たちを訪問してまわりました」

「その訪問の主な役割は、いわゆる療養所入所のための説得ですよね。どのようなチーム体制で病者宅を訪問したのですか？」

「警察官と衛生組合員が先導しました。わたしは七人の患者宅をまわりましたが、そのほとんどが自宅で大島紬の機織を生業にしていましたが、生活状況は逼迫しているとは見えませんでした」

「ところで、説得は療養所への入所をすすめたのでしょうから、どのような話をしたのでしょうか？」

「皆さんは、その説得を聞き入れたのでしょうか？」

「皇太后の御仁慈*3をお伝えし、療養所での生活ぶりに、懸命にお話をしました」

「いーえ、わたしたちの説得に、誰ひとり耳を貸す者はいませんでした。ただ、沈黙だけが返されました」

「そうすると、入園勧奨《かんしょう》は、それほどの成果をあげられなかったのですね」

「そうです。わたしは自分の力不足を痛感するばかりでした。ただねー、巡回している中で、とても心を痛めることがありました。茅葺屋根が今にも崩れ落ちそうな家に案内されました。そこには薄暗い奥の部屋に一四・五歳の少年が隠れるようにしていました。病状は悪化し、すでに咽頭《いんとう》まで冒されていました。おびえたようにわたしを見るあの少年の視線は、今でもありありと思い浮かべることができます。きっと、一度として人から愛されたことのないまなざしとは、あのようなものなのでしょうね。あー……わたしの力不足によって、この少年を、安らぐことができる療養所に連れていくことができない。置き去りにして帰る……」

その時の無念の思いを断ち切るかのように、山室さんは立ち上がり、部屋の入口に向った。

そして、両手にミカンを抱えて、再び席についた。

「このミカンねー、鹿児島から送られてきたタンカンという種類のミカンですって。とても、濃厚な味がします。ただねー、とても皮が硬いので剝きにくいのがチョッとねー。皮はわたしが剝いてあげましょう」

目の前で親指を立て、皮を剝いているその様子を見ていると、これでは、障害のあるわたしの手ではとても始末できそうにはない柑橘だった。ヘタまで丁寧に取り去られたタンカンが皿に盛られ、すすめられた。

「ごちそうになります」

口の中で濃厚な味がはじけた。

「どうですか？　オレンジとミカンがミックスしたような味でしょう？　敬愛園の皆さんから、このように、季節折々の珍味を送ってくるんですよ」

「療養所の皆様とは、今でも行き来があるのですか？」

「お互い歳をとり過ぎましたので、訪ね会うことはなくなりましたが、電話や手紙のやりとりはつづいています」

「敬愛園の周囲、あの始良野《あいらの》の春の景色は見事でしたねー。見渡す限り菜の花畑、すべての色が黄色で、その花に埋もれて話される言葉まで、花の色に染まってしまう……。菜の花の香りって独特ですから、温もりと共にまわりのものもまるごと抱きかかえ、大気の中に浮き上がらせてしまう……」

「あの菜の花の風景も、今ではすっかり姿を消してしまいました。なんでも外国から安い菜種油が輸入されるようになり、肥料代にもならないそうです。農業も時代の波に押しつぶされてしまうのでしょうか」

「残しておきたいものが、一つひとつ消えていきますねー……」

「徳之島は沖縄の近くですか？」

「いや、沖縄からはだいぶ離れています。徳之島のつぎの島が沖永良部、与論島の次が沖縄ですから」

「患者収容でその島にも行きました。鹿浦では三人の大人の病人とその子どもたち。子どもたちは未感染児でした」

「未感染児童の収容も行なわれたのですか？」

「だってねー、親が収容されてしまうと養育者がいなくなるでしょう。療養所の職員官舎にその子どもたちの施設を用意しました。子どもたちは四〇人ぐらいいましたでしょうか。五人の寮母さんが子どもたちのお世話をしていましたから」

「学業はどうしていたのですか？」

「村の国民学校に通っていました。差別ですか？　いいえ、ありませんでした。通学は職員の子どもたちと手をつないで通学していましたし、林園長自らが自分の子どもたちと分け隔てなく接していましたし、そのような状態を目の当たりにしていますから、村の皆も、それを当たり前のように受け入れていました」

「奄美大島の患者収容ですが、先ほどの話ですと一一二人を収容しますね。どうしてこんなにも多くの患者を収容することができたのですか」

「林園長や他の皆さん方の熱情もそのひとつですが、周りの村人からの説得や圧力もあったでしょうね。その他に考えられることには、患者と後ろ指を差されながら、それも身を屈して生活をつづけるのは、もう限界だったのではないでしょうか。療養所に行けば、世間から逃げなくてもいいですし、治療も受けられる、それに生活も保障されているという説明を信じたのでしょうね」

「でも、いざ島を離れるとなると、大変な修羅場になってしまったのではないでしょうか」

「浜は病人たちを見送る人で埋め尽くされていました。いざ別れとなると、……。息子をやるまいと泣き叫ぶ母親、これから、やっと親の孝養に尽くせると思っていたこの嘆き、人の世の病による別れはむごいものです。肉親の情愛を、こんなにも無残にも引き裂くのですから……。怨嗟《えんさ》のるつぼの中で、わたしたちも思わず、もらい泣くほどでしたから」

「直前になって乗船拒否する人はいませんでしたか？」

「おりました。亀津という集落では、周囲の村人たちから説得され浜まで来たけれど、いざとなるとどうしても船に乗らないのです。結局、そこでは一七名しか収容できませんでした。船は浜を離れはじめました。突然、ひとりの収容患者が甲板に飛び出しました。そして、見送っている村人に向って『バンザイ！　バンザイ！』と声をあげました。それに応えるように浜の村人たちも手を振り上げて『バンザイ！　バンザイ！』と喚声を返していました」

「まるで出征兵士を送るような光景ですね」

「そうです。当時は国家浄化のためにと説得していたのですから」

「二度とふるさとの地を踏めない覚悟の旅立ちですね」

「収容された病人たちは、ハラハラとあふれ出る涙に顔をくしゃくしゃにしながら、甲板で声を限りに『バンザイ！　バンザイ！』と手を打ち振っていました。人間の悲しみは、他人が分けて担げるものではないのです。わたしたちがやれることは、ただ、一緒に甲板上で立ち尽くすしかできないのです。……」

わたしを見つめながら話す山室さんの頬を涙が伝わった。

「今、あの時のことを指して、患者の人権を無視して強制的に収容したと、批判する人たちがいるでしょう。この人たちに、この時の情景を見せてあげたい。当時の病人たちはどんな社会環境の中に放置されていたかを……」

「……」

「最後の収容予定地花徳《けどく》に寄ったのは、夜の七時を過ぎていました。沖合いに停泊している本船に向って、三艘の小船がこぎ寄せてくるのです。首を長くして待っていたのでしょうね。早速、乗船させましたが、そのひとりはとても重症でした。全身に潰瘍があり、咽頭狭窄《きょうさく》による呼吸も困難で、これからの船旅にとても耐えられる状態ではありません。――途中、命を落としても異議は申し立てません。どうか連れて行って――と、手を合わせて願われるものですから、強心剤を注射して、同行することになりました。翌日、奄美大島の古《こ》仁屋《にゃ》で食料と飲料水を積み込み、東シナ海側の大和村で一六人を収容しました」

「かなり強行軍の日程ですね?」

「えー、でも、わたしたちの到着を待ちわびている皆さんのことを考えると、これぐらいで弱音など吐けません。だってねー、担架に担がれて海岸で待っている病人もいらっしゃるし、そして、最終予定地の大熊に寄港しました。そして、いよいよ鹿児島に向って出航という段になって、突然時化《しけ》に見舞われてしまったのです。大熊で停泊したまま、時化は四日間も吹き荒れました」

そう言えば、わたしの故郷の沖縄でも「ミーニシ」と呼ばれる北西風が吹き荒れると、海は白波が立ち、漁師たちも漁を休んでいた。

「名瀬港で積み込んだ食料は腐り始めるし、水も底を尽きました。わたしたちは苦境に陥りました。その苦境を救ってくださったのが、大熊集落の皆さんでした。炊き出しや連絡まで、皆さんは総出でわたしたちを助けてくれました。あの時の感謝の気持ちはねー、とても言葉では言い表せないぐらいでした」

「百数十人の病人を収容する予定の船でしたら、時化にあっても航行には支障のない船舶ではなかったですか?」

「いーえ、なに、あなたねー、船倉には電燈もないし、患者たちは横にもなれないぐらいの四〇トンの小さな貨物運搬船ですよ。この船だってねー、林園長は八方手を尽くして、やっとチャーターしてきたのです。大手の汽船会社は、ハンセン病患者収容のための傭船と聞いただけで尻込みしてしまい、どこも船を出してくれなかったのです」

「それで鹿児島到着はいつになったのですか?」

「出発して一〇日後の一一月六日に、やっと大隈半島の高須港に着きました」

「ご苦労でしたね」

「あの重篤な患者もよく頑張ってくれました。途中、入水自殺未遂やひとりのお年寄り患者は気が狂ってしまうなどの騒動はありましたが」

「この奄美大島の患者収容に立ち会われて、山室さんが一番考えさせられたことは何でしたか?」

「そうですね――……。近親者や近隣の人たちから見捨てられた方々は別にして、肉親の愛情に暖かく見守られている方や、同情を寄せてくれる近隣者を持つ人たちに、わたしたちは、この情愛に優る看護を用意できるのか、また、病に痛めつけられた方々に、ほんとうに安住の地を作ってあげられるのか……。この問いかけは、今でもわたしに突きつけられたままです……」

「其の頃の治療薬は、大風子油《たいふうしゆ》*4しかありませんね、あの薬は治療効果がありましたか?」

「いいえ、目に見えるような薬効はありませんでした。でも当時は、大風子油に代わる薬はありませんでした。大風子油は臀部《でんぶ》や上腕部への筋肉注射です。それがなかなか散らないで痛がるでしょう。注射後、揉みほぐすのに大変でした」

「戦後、特効薬プロミン*5が出現しますが、試験使用から立ち会われたのですか?」

「ええ、確か昭和二三年だと記憶しています。全患者に投薬されはじめたのは、昭和二四年からです」

「プロミン投薬はどうでしたか？」

「プロミンは静脈注射で、わたしも直接注射していまして、患者さんたちと直に触れ合っていました。びっくりしましたよ。病状が進行すると結節が破れるでしょう？　これまではその傷口の手当が大変でした。それが目を見張るように良くなっていきましたから、こんなに素晴らしい薬がもっと早く使用されていれば、と思いました」

「ところで、平成八（一九九六）年に『らい予防法』が廃止されましたが、長くハンセン病の医療と関わってこられたのですから、特別な感慨をお持ちではないでしょうか？」

「えー、やっと、と思いました」

「医療行政の元締めである厚生大臣が『この法律が存在し続けたことで、関係者に身体的、精神的苦痛を与えた』と、謝罪していますが、この法律の下で生涯をハンセン病医療に関わってこられた皆様にとって、この発言をどのように受け止めたのでしょうか？」

「わたしたちは、末端の医療従事者ですから……」

「でも、皆さんが果たしてきた仕事そのものを否定された、と思いませんでしたか？」

「法律は時代にふさわしいように変わるものです。でも、ひとつの法律の精神で八九年しばっていたのは長すぎました。時代をさかのぼってまで、そのすべてを全否定されると、わたしは意見があります」

「異議ありですか？」

「では、あなたに伺いますが、病人たちが社会から見捨てられていた時代に、この人たちを救い出す道は他にありましたでしょうか？　あの時代背景でどのような法律が必要だったのでしょうか？」

「わたしの意見ですか？　わたしの検証のモノサシはこのように考えています。もちろん、法律や政策は時代の制約を受けます。日本のハンセン病問題に関して申し上げます。まず、与えられるべき人権が、なぜこの人たちを除外したままだったのか、医学の知見水準からも、なぜ、わが国のハンセン病医療は乖離《かいり》してしまったのか、そして、ハンセン病にかかわる公衆衛生政策の国際的潮流からもわが国は取り残された。ですから、なぜ？　と、いつから？を結びつけながら論議すべきだと思います」

「懐手をしたまま、病人たちとともに汗を流さなかった人たちほど、歴史検証時の声は大きくなるものです」

「ひとつ確認ですが、山室さんが実際に体験された患者収容時の状況について伺いますが、主として説得によるもので、暴力的な強制収容はなかったと理解してよろしいですか。では、収容時の警察官が同行した役割とは、どのようなものでしたか？」

「戦前の衛生行政は内務省の管轄でした。警察も内務省の管掌下にあり、地域の患者の掌握もすべて警察署が掌握していました。地方のハンセン病行政の窓口が保健所に移管されたのは、昭和二二年からです。皆さん強制隔離を即、暴力行使を伴う収容と勘違いをしていますが、その強制は、療養所に入所しなければ治療も受けられないという医療システムと目に見えない社会からの圧力ですよ」

「目に見えない社会の圧力といいますと？」

「ハンセン病への社会の認識ですよ。社会はこの人たちだけでなく、肉親縁者まで共に生きることを拒否したのですから！」

「結果として、病人たちに療養所にしか安住できる場所は与えなかった」

「そうです。これこそ、最も強力な強制ですよ。戦時色が強まった中で、沖縄では軍隊が患者収容に借りだされたこともあったようですが。でもねー……、収容隔離された人たちと国家の方針に従い執行する側では、この『強制』のとらえ方は異なると思います。人の縁も地の縁も断ち切られ、そして、人生まで他所からの強制力で中断させられ、それも、全く修復が不可能になるのですから……。それは、無念極まりない『強制』と認識するのは、当然だと思いますよ」

「らい対策は絶対隔離以外に方法はないと主張する光田健輔氏[*6]の愛弟子であった林文夫園長の下で働いた山室さんに伺います。山室さんを支えた使命感とは何だったのでしょうか？」

「医療の現場の看護婦としてというより、わたしはひとりの人間として病に苦しむ人たちに寄り添いたい、その苦しみを少しでも取りのぞくことができればと、この一心だけでした。そして、患者さんお一人おひとりとの出会いは、わたしにとっては宝物そのものになりました」

「患者さんにとって療養所はどういう場所だったでしょうか？」

「当時の社会状況からすると、安息できる地であったことは間違いがありません。あの時代ですから、今の時代の目で過去を見ると、それは問題がたくさん見えるでしょう。しかし、そこでは少なくとも周囲の視線に身をかがめる必要はなかった」

「間違いなく光田健輔を頂点とする隔離政策の推進者は批判に晒されると思いますが、この業績の再評価についてはどのように思われますか？」

「時代の賞賛を受けた者は、また後世の再評価を受けるものです。これは避けることはできません。人間のやった仕事には、必ず、陽があたる場所の裏には影があります。あの時代、陽があたっていた場所が、今は、影だと評価されています。でも、いやなご時勢ですねー、とてもいやなことは、個人を元凶にして、過ちのすべてを押しつけ、自分たちは口をぬぐってしまう」

「口をぬぐっているのは誰ですか？」

「いいですか、ハンセン病政策は国家の政策としてすすめられたのです。この政策が一世紀近くも継続されたということは、国民の支持がなければ生き延びないものです。そして、無関心もまた、消極的な支持と同じなのです。今、人権を振りかざして批判している人たちにお聞きしたい。あなたたちはあの時、病人たちの痛みの側におりましたか？」

その語気は強かった。そして、深呼吸をして胸の前で合掌しながら言葉を継いだ。

「わたしの手は汚れていますか？　この手の中に病人たちの涙を掬えなかったのでしょう

か？　……。わたしは、わたしは……ただ、病気に苦しむ人たちを看護したかっただけです。ねー、教えてください。あの時、病患に苦しむあの人たちを救う道は、別にあったのでしょうか？　そして、あの人たちが安息できる場所は、何処にあったのでしょうか？」

家路に向う電車はすでに混み始めていた。車両の中で身体を押し合いながら、人いきれが満ちた車両で、わたしは吊り革にしがみつくことで、辛うじてわが身を支えていた。何故か、この無言のままの人たちに聞いてみたいとの誘惑が、ふつふつと湧き上がってきた。

「お伺いしてよろしいでしょうか？　あなたはハンセン病をご存知ですか？　そうですか、病名は最近聞いたことがあるのですね。では、もうひとつ質問いたします。あなたは、わが国のハンセン病問題について考えたことがありますか？」

森の住人

道路筋の酒屋で尋ねることにした。

「五里が森は、そこの道を登って行けばいいですが、番地だけで捜すのは大変ですよ、何しろ、山の中の別荘地は広いですから」

この一言で車中の不興《ふきょう》は、更にボルテージを上げてしまった。

「都会とは違うのだから、所番地だけではねー……」

私の手帳には、尋ね先の電話番号が記入されていなかった。

案の定、別荘地の森の中で迷い込んでしまった。

四月平日の別荘地では、行き先を尋ねようにも、おしなべて家々の窓は閉ざされたままである。車は別荘の門前で何度も止められ、庭先から声を掛けたが、森の住人たちからの返事はないままであった。

「ねー、あの栗畑の先を見て、車が庭に止められている。きっと、住人が居るよー、車を止めて、ちょっと見てくる」

しばらくして、車から離れた清水さんが、樅の木陰から手を振っている。車をその方向へ走らせると、清水さんはすでに玄関先に入り込んでいた。わたしは、その背中越しに若い住人に声を掛けた。

「すみません。お尋ねしますが、七三二一番地の鈴木重夫さん宅を捜しているのですが」

「ちょっとお待ちください。別荘地図を見てみましょう」

明け放たれた居間にはコンピュータの機器が並んで見えた。

「七三二一番地の鈴木さんですか、ありました。ここです」

広げられた別荘地図は描き始めの地図に似て、住宅地の番地表記はところどころに点在して書き込まれていた。

「家の前の道を右にしばらく走ると、木の塀で囲まれた家があります。その先の小さな橋を渡ると、その右手に五、六軒の家が固まっています。その一番手前の家ですねー」

車は森の道を一〇分ほど走り、小橋を渡った。

「わたし、確かめてくるから」

いつものように、用心深い清水さんは、鈴木宅とおぼしき庭に入り込み、表札を覗き込んでいた。

「間違いなーい。ここ、ここよー」

四〇分も費やした家探しも、これでやっと終止符が打たれた。

この日お会いする鈴木さんは、わたしがハンセン病療養所を退園する時のケースワーカーであった。定年を数年前にして国立療養所の職を辞し、知的障害者施設長に就任したとの知らせを頂いたまま、二五年ぶりの再会だった。

一〇年前に五里が森を定住の地と決め、余生を土いじりしながら過ごしていましたが、二年前に脳梗塞《のうこうそく》に倒れ、今、リハビリ奮闘中との手紙をもらっていた。

突然の訪問に驚いた様子であったが、右手で杖を突き、相変わらずにこやかな表情を浮かべ出迎えてくれた。

「お久し振りです。お元気でしたか?」

「こんな有り様です。あなたは、すっかり太りましたねー」

「いやー、不摂生《ふせっせい》のつけです」

妻と同行者ふたりも挨拶を交わした。

「庭の大木は、山胡桃《くるみ》ですよね」

女性の同行者たちは、庭にころがっている胡桃を目ざとく見つけ、喚声を上げながら聞いた。

鈴木さんに軽く手を添えながら、奥さんが笑顔で答える。

「えー、そうです。住み始めた頃は、みなさんにおすそ分けでお送りしていましたけど、近頃は面倒になりまして、庭にころがしたままです」

同行者たちと奥さんとは、会う早々、森の会話で弾みだした。

「お父さん、わたしはご婦人の皆さんを森の中でもご案内してきますから」

女性たちの談合は早い。森の散策に出かけることになっていた。鈴木さんは左足を引きずりながら、わたしを部屋に招きいれた。

「むさ苦しいところですが、どうぞ」

夫婦ふたりだけの居間は、山小屋の雰囲気《ふんいき》をただよわせていた。勧められた椅子の足元には猫が二匹眠り込んでおり、わたしは注意しながら腰を下ろした。

「いつの間にか猫どもが勝手に住み込んでしまいました。そんなに気にしなくてもいいですよ。お茶も出せませんが、今日はまた、どんなご用件でこんな山奥までお出かけくださったのでしょうか」

「連絡も差し上げずに、突然お邪魔してすみません。たまたまこの近くのU村に友人が居て、泊り込みで遊びにきていたら、五里が森はすぐ近くだと教えられ、それでは足をのばしてみようと……」

「それにしても、よくお出でくださいました」

「実は今、ハンセン病に関わるいくつかの問題を調べておりまして、ふと、鈴木さんを思い出しました。長い間、ハンセン病療養所のケースワーカーをなさっておられたし、数少ないハンセン病問題の生き証人ですから、ぜひ、いつかお邪魔して直接、お聞きしたいと思っていました」

「お役に立てるかどうか……。元患者の皆様やご家族の胸中を思いますとねー。無念の一語に尽きますよ。わたしなどは中途で投げ出してしまいましたが……。ハンセン病政策の歴史は、これは人間に対する社会の犯罪です。この人たちの無念を、ぜひ、晴らしてください」

「突然、ハンセン病療養所をお辞めになったとお聞きして、驚きました」

「いやー、厚生省事務官は、所詮、法制の枠内でしか、発言を許されないものです。わたしなどは、早晩、公務員の職務を辞任せざるを得ないほどまでになっておりましたから、それが、少しばかり早まっただけです」

「そうですか？　それなら、なおさら、『らい予防法』廃止は、感慨深く受け止めたのではないですか？」

「えー、その時、わたし、危篤状態にありましてねー。病院のベッドの耳元で妻が教えてくれたんです」

「あなた、聞こえますかー。『らい予防法』が廃止されましたよ！」

「わたし、バンザイ！　バンザイ！　の意思表示をしたつもりでしたが、妻は、お父さんは左手を何度も開いたり握ったりしていましたが、あれ、バンザイでしたか、と後で笑われました」

苦笑しながら、鈴木さんはその時の手の動きを再現して見せた。

「悪法といえども法は法ですから。いつも、この法律の厚い壁にはじき飛ばされ、悩んでいましたから……。あー、自分が生きているうちに、やっと間に合いました……」

「鈴木さんがハンセン病とかかわりを持ちましたのは、いつからですか？」

「昭和二六（一九五一）年からです。最初の任地はK療養所でした。わたしも患者収容のために各地の村々を廻りましたよ。重症患者を背負って収容したこともあります。その時は、絶対隔離を公衆衛生上、やむを得ない必要悪として受け容れていましたねー。強制収容によって起こるそれぞれの家庭崩壊などは、どうしようもない宿命だと、自分に言い聞かせていました」

「疑問を感じ始めたのは、いつ頃からですか？」

「昭和三一（一九五六）年のローマ宣言を目にしてからです。その中に――らいは伝染性の低い、治癒し得る疾病であり、すべての差別法は廃止すべきである――と明記しているでしょう？　わたしも驚きましたが、厚生省当局の方が、もっと困惑したと思いますよ。そうでしょう？　だって、そのわずか三年前ですよ、絶対隔離政策を再確認し、法律を全面改正して『らい予防法』（平成八年廃止）を、成立させていたのですから」

「現場の厚生事務官として、困惑したでしょうね？」

「先が見えない仕事は空しいものでした。絶対隔離政策の末端を担い、患者の不安をなだめようと毎日、走りまわっている自分の仕事に、初めて疑問が生まれてきましてね。医療ケースワーカーとしての役割は、今のままでいいのか？　わたしは正しいことをしているのか？　それからですよ。ハンセン病政策を、真剣に点検し始めたのは」

「ぜひとも、鈴木さんが疑問を持たれたという点について、お聞かせ願えないでしょうか？」

「そうですか、そのノートを取ってもらえますか。その青いファイルです。それ、そうです」

テーブルの上で分厚いファイルノートを開いていた。

「わが国のハンセン病罹病者は、明治初期には一五万人存在していたといわれています。国による調査が初めて行なわれたのは、一九〇〇（明治三三）年ですが、それによると三万三九二人です。一九三〇（昭和五）年の第五回調査では、一万四二六一人と半減しているのです」

「その頃の罹病者の療養所収容率は二割を少し超えるぐらいですね。絶対隔離策がまだ執行されていないのに、罹病者数は減少していたのですか？」

「そうです。すでにわが国では、患者の減少傾向は明らかだった。ですから、絶対隔離政策の結果、患者は減少したのではないのです。その因果関係は、何も見られないのです。それでも、国家は全癩病者の収容にこだわり続けたのです」

「どうしてですか？」

「癩病者数と収容率の推移を見ますとね、国策としての姿勢がよく見えてくるのです。一九三五（昭和一〇）年の癩病者数は、一万三七一人ですが、収容率だけは一気に、六三パーセントと跳ね上がるのです。その後、一九四〇年の収容率は、七八パーセント、太平洋戦争後の一九五五年には、九一パーセントと加速されます。この数字は大きな意味を持っています。日本のハンセン病者は療養所の中に完璧に収容され、社会から隔離されたことになりますね」

「癩病者数の減少率は、絶対隔離策を執行した一九三五年以前のほうが高く、その後は横ばいということは、必ずしも絶対隔離策の成果とは言えないということですね。それにしても、一九三五年に収容率が急増していますが、どのような理由があったのですか？」

「一九三〇年、内務大臣安達健蔵は、らい根絶計画の大要を発表するのです。それによると、一〇年間で病者の収容施設一万床を完成し、残りの一〇年間で日本国のらい患者を根絶すると宣言したのです」

「一九三〇年といいますと、貞明皇后によるらい予防事業の御下賜金や、国民を巻き込んだ『無癩県運動』の一大キャンペーンも開始された年ですね」

「そうです。わが国のハンセン病を対象とする最初の法律は、明治四〇年の『癩予防ニ関スル件』ですが、公衆衛生上からの必要性には、余り重きを置いていないのです。それよりも浮浪している患者を放置していることは、近代国家を目指す日本国の体面にかかわる問題であることを問題にするわけです。ですから、患者救済のための医療視点ではなく主として治安維持のために法律を制定したぐらいです」

「国家の体面ですか?」

「それが一転して、らい撲滅を政策の柱に掲げるようになります」

「その政策変更のためのキャンペーンに皇室を登場させた……」

「そうです。最も蔑まれているハンセン病者にも、皇室の仁愛の手を差し延べられる。政府は誠に用意周到でした。この皇室からの慈恵アピールを旗振りにして、国民世論喚起に利用しました。その皇室の活用こそが、日本の完全隔離策に精神的支柱を与えたようなものです」

「国民意識の決定的な地ならしをした」

「そうです。そうして、一九三六(昭和一一)年に癩予防法(旧法)に改正された。この法律改正は、あくまで名目上は、らい予防を謳《うた》っておりますが、患者を根こそぎ収容し、そして、終生隔離する法的根拠を与えるようになった」

「一九三六年といいますと、二・二六事件が起こった年でもありますね」

「若手将校たちの批判は、政府、財閥《ざいばつ》のゆ着と腐敗《ふはい》に向けられていました。国民の疲弊《ひへい》を尻目に、三井財閥は海外投資で莫大《ばくだい》な利益を上げます。その批判をそらす狙いもあったと思いますが、三井財閥はハンセン病問題に強くかかわるようになります。ちょうど、一万床収容施設建設の最終年度の一九四〇年が、皇紀二千六百年と重なるものですから、政府も三井財閥もうまくこの国体イベントに便乗した。この三井財閥の寄付によって一万床計画も目処が立つようになります」

「それにしても、日本のハンセン病対策は、なぜ、これほど患者を完全隔離することにこだわったのでしょうか？」

「このヒントのひとつが、遊佐敏彦三井報恩会調査課長の特別講演の中からうかがうことができます。この発言は一九三九（昭和一四）年、第一二回日本らい学会で行なわれたものです。―祖国の血を浄化せねばならぬ。ドイツ人の血のみが勝《すぐ》れているのではなく、日本民族の浄化は特に現代程重大なものはない。皇紀二千六百年を期して諸種の記念事業が行なわれることとなっている。現下の戦時体制においては一切の準備が延期されることになっているが、その中で延期を許されないものは無らい国運動で将《まさ》に好個の記念事業である―と、説いています」

「民族浄化ですか？」

「渡りに船だったのでしょう。ハンセン病関係者からも相呼応する声が湧き起こります。―此の好機逸すべからず―。―二千六百年記念一万床拡充促進を望む―。―新体制下における無癩県運動―。―防癩は県民運動の魁《さきがけ》―とね。こうして、国辱伝染病のらい撲滅が、国家最優先政策までに引き上げられたのです」

「ハンセン病療養所の一万床確保の根拠は、どこから生まれたのでしょうか？」

「一九一九（大正八）年の第三回らい患者一斉調査が根拠になっています。調査結果によると、一万六二六一人が患者として集計されています。保健衛生調査会は、この数字と徴兵検査時の壮丁《そうてい》らい患者発見率から、わが国の患者予測数を約二万六千人と推定したのです。そのうち療養の資のない者を一万人としました。この数字が一万床確保のスローガンとして掲げられたのです」

「一九三四年頃の患者収容を描いた『小島の春』（一九三八年刊行）の作者、小川正子さんの記念館は、山梨県春日居町にありますね」

「そうです。収容した側の記念館は造られても、患者や家族が流した涙を、後世に伝える資料館[*7]はないのです」

いつの間にか、二匹の猫が鈴木さんの膝の上で背を丸めていた。私の足元の猫たちはそのままであることからすると、膝の上で休んでいるのは、外遊びから戻ってきた別の猫らしい。

「わたしも患者収容に担わされましたが、『小島の春』の中にありますね。妻との別れも許されず、野良仕事の場から収容した患者を賛美して―身を以て祖国を潔める救らい戦線の勇ましい闘士よ！ ―、―流す感傷の涙を拭いて、共に悩む病者に呼びかけねばならないのだ、悩む癩者よ来れ、故郷を救え―となったのです。……。わたしもそう信じ込んでいましたから……」

「すべて宿命であきらめなさいと……」

「日本の近代化は、家族制度を巧みに利用してきたのです。国体観念としての家族国家論がそれです。国家は社会的諸問題の責任を回避して、家族制度の淳風美俗《じゅんぷうびぞく》にすり替えたのです。この家族制度を美化すればするほど、血統や家柄にこだわる風潮を強め、一族から業病《ごうびょう》といわれるハンセン病者を出すことは、血族を汚すことになり、患者には血縁を絶ち、ハンセン病療養所に隔離されるのは、当然なことだと思い込ませたのです」

「その頃、すでに国際的には、隔離政策は修正され始めていましたね」

「そうです。医学の考え方も一九二〇年前後から変わり始めるのです。これまで病原体のみが伝染病の原因であるとしていましたが、人間が病気になったり、健康になったりするのは、宿主の人間【HOST】と、原因【AGENT】と環境【ENVIRONMENT】の三者の相互関係で決まるのであって、かならずしも、あらゆる伝染病を隔離対象にすべきでない。隔離の必要条件は、一時に多数の人々を罹患させる可能性があるか、きわめて伝染力の強い伝染病に限定されるべきとされていたのです」

「それでも、日本のハンセン病医療の重鎮であった光田健輔氏は、その国際的潮流を批判していますね。『急性伝染病のペストに対する慢性伝染病のライ』と、かたくなまでにその姿勢を変えようとしていませんね。普通の医学常識ですと、病気が治癒すれば、元病人は公衆衛生の対象から外されるべきですが、ハンセン病患者だけは違いますね。死ぬまでその法律に縛りつける道を採りつづけたのは何故ですか?」

「ここが一番の問題点です。疾病から緩解《かんかい》した元患者は、まず、健康な国民として扱われるべきだったのです。日本ではいつまでも罹病者の扱いを解除しようとしなかった」

「なぜでしょうか?」

「病原菌至上主義に縛られた、光田健輔を頂点とするらい学会の誤りです。本来なら、公衆衛生学上の視点は、感染源対象者と罹病歴を持っていても感染源にはならないで元病人は、全く区別して考えるべきなのです。それを既往歴でひとまとめにしてしまった。その延長線はどうなりますか? 当然のように一度発病した患者は、社会防衛のためには生涯隔離し続ける対象者になってしまった」

「しかし、遅くとも一九六〇年代には、この学説は国際的には否定されていたのではないでしょうか。厚生省は、どうしてこの間違った法律をかたくなに守りつづけたのでしょうか?」

「日本的官僚システムの典型例です。法律を制定し、国家政策として維持してきた厚生省自身が、法律の過ちを認め、政策変更を行なうのは、まず考えられません。法律の過ちが明確であればある程、過去の政策責任が追及されるのを恐れる余り、根本的な政策変更を行なわず、運用方法で問題点を隠そうとするものです」

「それがハンセン病療養所内の処遇改善でもって、実質的な対処をしたという強弁に結び着くのですね?」

「そうです。極論すれば厚生省は、一九四〇年に確保したハンセン病療養所の一万床にしがみつき、大蔵省への予算要求の根拠づけにも、らい予防法の存在が必要だったのです。ですから、病人やその家族の人権には、何の関心も示さなかった。本来なら、医学の到達水準や国際的潮流に従い、隔離政策を変更しなければならなかった。そして、民主主義国家の最低条件として、まず、奪われた病人たちの人権を回復し、この人たちの社会的損失を、国家責任でどのように保障すべきかを考えるべきだったのです」

「その課題を放置してきたといわれるのですね」

「そうです。基本的人権侵害は明らかです。一九五三（昭和二八）年、らい予防法の参議院の付帯決議一にも明記されているように、――近き将来本法の改正を期する――が、全く省みられることなく四三年も放置されてきました。これは国と立法府による作為義務違反です」

「法律の廃止にあたっては、これらの責任を曖昧《あいまい》にしたまま、日本のハンセン病問題の終息を図ったというのですね？」

「そうですよ。平成八年、らい予防法が改正されましたが、その後の状況を見ればよく分かります。らい学会と厚生省の歴史的癒着《ゆちゃく》は、薬害エイズ問題と全く似通った構図ですよ。ハンセン病は法律で、薬害エイズは薬でもって患者を殺した！」

マヒして機能を失ってしまったといわれる右半身が、小刻みに痙攣《けいれん》していた。

「問題点を認識していても、内部からの問題提起は不可能でしたか？」

「いやー、力不足ですよ……。友人の大学教授から批判を受けていましたよ。――患者の人権を無視した、らい予防法の執行にかかわる者は、最も批判されるべき税金ドロボーだとね。この言葉には参りましたねー」

「わたしの社会復帰時には、いろいろご尽力いただきました」

「あなたがハンセン病回復者を明らかにして働きたいといわれた時、わたしは驚き、反対もしました。時代と社会意識は、まだそこまで来ていないと思っていましたから」

「世間を知らなかったのですよ」

「あなたが就職した東京コロニー[*8]の職場討議に、わたしも数度呼ばれました。その討議を聞いていて、衝撃を受けましたねー。多くの従業員が、討論の過程で医学と科学を信じます、との意見にまとまっていくのです。わたしたちが数十年かけても変えられない社会の偏見を、その集団に属する人たちは、いとも簡単に乗り越えてしまうのです。それを目の当たりにするとねー……、自分たちは、これまで一体、何をしてきたんだと、空《むな》しささえ覚えましたよ」

「鈴木さんや波佐間医師の熱意が、皆さんの認識を変えたのではないでしょうか」

「いや、違いますね。その組織が日頃からどのような価値観で律されているか、それが、組織に属するひとりひとりの志の高さの違いに現れるものです。その反対に位置していたのが、恥ずかしいことには、あなたを社会に送り出した医療の現場で起った、あなたたちのお子さんの保育所問題だった」

当時、妻は国立ハンセン病療養所の看護婦として勤務していた。その療養所には職員のために職場内保育所が設置されていたが、わたしの子どもの保育所利用をめぐって、その騒動は出産を前にして起っていた。

わたしは一九七二年、NHK制作のドキュメント番組「人間列島・ある結婚」のその場面を頭の中で巻き戻していた。

《わたしを含めた六人の座談場面》

A「そんなごたごたした所に子どもを入れないで、別の保育所に預けたらいい」

B「親がこのような姿勢だからといって、こんなドロドロした環境の中に、子どもを入れて、それを子どもに耐えさせるのが、果たしていいのかどうか」

C「伊波さんたちとは違う意味で、わたしたちは深刻に考えると思う。表だって反対はできないでしょう。伊波さんの子どもが入るようだったら、自分の子どもは預けない」

D「あなたたちの結婚式に出席していて、一番、最初に頭を過ぎったのは、子どもが生まれたときのことだった。療養所の職員は、血眼になってあなたたちの子どもの受け入れに反対するだろうし、それもあながち責められないし、もちろんわたしは説得する側にまわらなければならないが自信がなかった。あえて、ゴタゴタする中に子どもを入れるのはなー、子どものことを考えると辛くなる……。しかし、この壁を破らなければ、いつまでたってもなー……」

そのDが鈴木さんである。

「どんなに理を説いても受けつけない人たちが一般的ですよ。その典型例が、あなたの息子さんの職場保育所入所をめぐってのトラブルでした。あの時ねー、わたしは同僚を説得する立場でした。もう時効ですからお話しますが、あれほど空しい説得はありませんでした。医療に従事する同僚たちですよ。こと、自分に関わる問題となると、つい本音が出る。回復者の子どもと一緒の保育はイヤダ、反対だと平然と口にする。こんな人たちと一緒に仕事をしているのかと思うと、情けなくなりました……」

「それからしばらくして、知的障害者施設に転職なさったのですか」

「退職はあなたのこどもの問題が直接的な原因ではありません。日本のハンセン病問題は、もう未来がないと、わたしが見切りをつけたのは、昭和四七年の沖縄本土復帰に関係しています」

「どうしてですか？」

「わたしの世代はいやというほど、アメリカ占領軍の権力を見せつけられていました。それでアメリカ施政権下で執行されていた、沖縄県の『ハンセン氏病予防法』[*9]に期待していました。沖縄では犀川一夫医師、湊治郎医師が在宅・外来治療で成果を挙げていましたし、この国際的な潮流に合致している沖縄県の法律が、わが国の『らい予防法』に影響を与え、法律が変更されるものと信じていました。相手がアメリカでしょう？　しかし、空しい期待でしたね。驚くことには、沖縄県で執行されていた法律が、何と、日本復帰と共に、前時代的遺物である『らい予防法』に統合されてしまったのです。これで、厚生省の意志を見せつけられたのです。これは決定的でしたね。曙のすべてが閉ざされたのです……」

「でも、その後、療養所の処遇をめぐっていろいろな取り組みを始めた、と聞いておりますが」

「いや、『らい予防法』が存在している限り、どんな試みも結局は、慈善事業の典型とも言われる、救らい事業の手のひらで踊っているに過ぎませんよ」

「……」

「患者の人権を守るために闘えば、公務員としての職務をはみ出してしまう……。結局、わたしもあきらめてしまった。情けないものです」

早春の庭に、日本さくら草が群生していた。

「あれは野生の日本さくら草ですね。草株分けしてくださいませんか？」

「どうぞ。でも、野生のさくら草は、環境と土を選びますよ」

引き出しから出された茶封筒が、わたしに手渡された。

「これ、発表の場が与えられなかった論文の何編かです。何かの参考にお使いください」

＊1　昭和一〇年のわが国のハンセン病患者数は、一万五千人とされていた。その内、約五千人が九州・沖縄に分布しており、その内の三千八百人が未収容のままだった。鹿児島県選出衆議院議員永田良吉は、出身地の大姶良《おおあいら》村村民を説得し、同村にハンセン病療養所星塚敬愛園を設置させた。当時の社会意識の状況からすると異例ともいえる。
＊2　一九二九（昭和四）年、沖縄県北部に計画されていたハンセン病療養所の設置は、地元住民の反対運動で頓挫したまま、病人たちの救済活動は未着手であった。一九三〇年五月、沖縄MTL（Mission to Lepels）は、名護町（現名護市）屋部《やぶ》で三〇数人の患者の救済をはじめた。このことを新聞報道で知った住民は、患者の定着を恐れ、その住居地を襲い火を放った。
＊3　一九三〇年、皇太后節子《さだこ》（貞明皇后）は、ハンセン病療養所の運営費補助、職員お

よび患者の慰安費費用と癩予防協会の基金として、二四万八千円の「御手許金」が下賜された。そして、以後十年間にわたって毎年、癩予防協会に一万円を下賜すると発表した。下賜にあたっての謹話は以下のように述べている。

「熟ら思召さるゝには世に不幸な者多しと雖も癩患者の如く治療の方難く家庭の楽もなき悲惨なるものあらしと最も御同情遊はされ、又其の患者を救護し事務に尽瘁する人々の献身的の至誠に深く感動あらせられ、今般此種の社会事業に対し夫々御下賜あるべき旨御沙汰あらせられる」「つれづれの友となりても慰めよ行くことかたきわれにかわりて」の貞明皇后詠歌碑は、全国のハンセン病療養所に建立され現存している。六月二五日の「ハンセン病を正しく理解する日」は、貞明皇后の誕生日を記念して設定されている。

＊4　原産地はインドシナで高さ二〇メートルに達するイイ桐科の植物。その果実の種仁を煮詰め膏油状にする。

＊5　一九四三年、アメリカで「スルフォンアミド剤」の誘導体「プロミン」が、ハンセン病治療薬として有効であると発表される。投薬は静脈注射による。

＊6　一八七六―一九六四。一九五一年文化勲章受章。一九六一年ダミアン・ダットン賞受賞。ハンセン病患者の絶対隔離政策推進者。ハンセン病病型分類皮膚反応光田氏反応の発明者。

＊7　高松宮記念ハンセン病資料館　東京都東村山市に一九九三年開館。ハンセン病に関連する歴史資料館。二〇〇七年国立ハンセン病資料館としてリニューアルオープン。

＊8　一九四九（昭和二四）年に創立された社会福祉法人。一般企業に雇用されることが

困難な障害者のために、必要な職業的訓練を行ない、社会的自立を目指す社会就労センターを経営している。

＊9　一九六一（昭和三六）年に、沖縄県で公布される。退院規定・在宅医療規定を明記し、外来治療を促進した。法規条文は国際的潮流に合致するものであったが、一九七二年、沖縄の本土復帰にともない、本土の「らい予防法」に統合吸収された。

埋もれ火

文箱《ふばこ》の中

「直子を覚えているか？　石川[*1]（現うるま市）でわが家の隣に住んでいただろう？　あの屋嘉比《やかび》さんだよ。君とは同級生だろう？」

「ウトオバーとこの、直子か？」

「そう、そうだ、ウトオバーと母子ふたりで住んでいた。あの直子だよ」

「今、沖縄に居るのか？」

「宜野湾市に住んでいる。旦那さんは県立病院に勤めているそうだ」

「そーかー、直は、浦添にいるのかー……」

「君にどうしても手紙を出したいから、電話番号と住所を教えてほしいと言っているが、いいか？」

「構わないよ」

沖縄本島のちょうど、腰のくびれにも似た位置に、東シナ海と太平洋をわずか二キロ弱でまたげる地がある。西の東シナ海側は恩納村仲泊《おんなそんなかどまり》、東側は太平洋に接して細長く南北に延びる石川である。

この地は太平洋戦争時までは、半農半漁の小さな集落であった。隣接する金武村屋嘉に、沖縄中部地域の捕虜《ほりょ》収容所が設置されていたこともあり、この寒村石川が新住民の定住地として、急速に膨らむことになった。

石川岳の麓《ふもと》に抱かれるような市街地は、戦争が生み出したシティーにふさわしく、南北に並行する街路がまず区画され、そこにバラック住宅が整然《せいぜん》と建てられた。激しい戦火を生き延びた人たちは、軒を連ね、肩を寄せ合いながら、復興の道を探し始めたのである。しかし、一時の混乱状態が落ち着き始めると、人の流れは自然に故郷へと戻りはじめた。その上、行政、商業の中心地が那覇《なは》市に移されるに従い、仮住まいの地の役割は、しょせん、通過のための仮の宿であり、急激に膨らんだ急造都市も、今では二万二千弱の地方都市に姿を変えた。

私たちの家族も一九五二（昭和二七）年に、沖縄本島北部の今帰仁《なきじん》村から同地に移り住んだ。わたしもハンセン病が発症した中学二年までの五年間を、この地で過ごした。

直子の輪郭も記憶を拾い上げて、やっと、おぼろげなまま浮かびあがった。

半年ぶりの帰郷も明後日には、東京へ帰る予定になっていた。

今朝の食卓で直子が訪ねてくることが話題となり、母はいつもと違い、朝食後も食卓を動こうとしなかった。

「直が来るネー、しばらくネー、直に会うのも」

にぎやかなことが何より好きだった母が、ここのところ、あまり来客を好まないと聞かされていた。車椅子に乗せられたまま、人様に接するのを潔《いさぎよ》しとしない、気丈な母の矜持《きょうじ》がうかがえる。しかし、今日は違うらしい。

「敏男、知っているネー、直はウトオバーの実の子でないよ」

「……」

帰郷前に届いた直子からの手紙で、その養女の件は知らされていたが、母の問いには、敢えて返事をにごした。

あの件を解き明かすまでは、と思っていたからである。

ウトオバーは委任統治領南洋諸島《いにんとうちりようなんようしよとう》のサイパンからの帰還者であった。

一九四四（昭和一九）年六月一五日、アメリカ軍はサイパン島に総攻撃をかけた。一進一退の攻防戦は二四日間も繰り広げられていたが、激戦も七月五日の第四三師団長命令で、ついに終止符を打つことになる。

「明後七日、米軍ヲタメテ攻撃ニ前進シ、一人克《よ》ク十人ヲ斃《たお》シ、以ツテ全員玉砕スヘシ」

南海の楽園はこの攻防戦で地獄と化した。南洋の太陽は、日米両軍の犠牲者約五万人と、一般住民約二万人の累々《るいるい》たる死者の群に注がれていた。

母のウチナーグチ（沖縄の方言）が、独特の抑揚《よくよう》でわたしに向けられた。

「アヌ　ヤナイクサヤ　ムル　アワリシッ……。ウトヤ　ウミチットゥ　アワリッシ　ウトヌチムヤ　ウカミヌグトゥ　マクトゥー　ターン　ネービヤナラン（あのいやな戦争は、すべての人を悲さんな目に引き合わせ、ウトも思慮も及ばないほどの難儀《なんぎ》をした。ウトの心根は、神様のように誠実で誰も真似ができるものではない）」

母の方言は、義歯の噛み合わせの不具合もあり、聞き耳を立てて、やっと聞き取れた。それだけでなく、情けないことには、長い離郷はわたしの沖縄言葉も虫食い状態にしていた。母の不興を覚悟しながら、標準語で話してくれるように頼むしかなかった。

「オバー、悪いけど大和口で話してくれんねー」

「ナ、ナ、ナ、ナー、イャーマディ　ウチナーグチワシティ、敏男！、イャーン　ヤマトゥンチューナティ（な、な、なー、な、お前まで、沖縄言葉を忘れてしまって、敏男！　お前も大和の人になってしまって）」

母の標準語は、単語の選び方や表現のつなぎ方にぎこちなさを持っていたが、それでも、想像力を働かせれば、支障なく追いかけることができた。母が語るウト母子の話はつぎのようなものであった。

「大雨の日さー……。注文を受けた豆腐を届けに行くと、ウトから声を掛けられたサ。『今日は家族六人の命日だから、線香ぐぁー上げてやってください』。ウトが、自分の家族の話をするのは、はじめてサー」

母の癖であったが、思案しながらの話はいつも、上向きにした右手の上に左手をのせ、両手の親指の先を触れさせ、坐禅のように手を組んだ。しばらく間があった。

「人間、あまりにつらい話をする時は、他人事のように淡々と話すものだねー……。その時のウトも、そうだったサー。アメリカーと友軍の激戦は、海岸線から島の中心部に迫っていた。民間人もだんだんに山奥に追いつめられたんだって。ウトが話していたが、サイパンも沖縄によく似ていて、ガマ（洞窟《どうくつ》）が沢山あって……。アメリカーの艦砲射撃《かんぽうしゃげき》が続いている間は、みんなそのガマの中に隠れていたそうだ。ウチナー（沖縄）でもそうだったが、アメリカーの艦砲射撃はたいがい、陽がのぼると始まり、まわりが暗くなり始めると止めていた。その日も、砲撃がやっと終わったんだって……。ガマから外を見ると、薄暮の中に虫も鳴き出していたそうだ。イクサ（戦争）に追われ、アワリ（難儀）しているのは夢ではないかと思えるほどだった。それで、ウトの家族はガマから這い出た。せめてユーバン（夕飯）だけでも外でと……。手足を伸ばしての食事だから、子どもたちは、はしゃぎながらユーバンをとっていた。それが……」

一気に話すのはつらいのだろうか？　母は言葉を切り、トントーンと小指でテーブルを打った。

「……。―ヒュー―空気が裂《さ》け、そして―ドーン―と、地面が割れたと言っていた……。アキサミヨー！（悲鳴）……。その艦砲弾が、ユーバンとっていた家族のど真ん中に……。オトー（父親）もクヮヌチャー（子供たち）も吹き飛ばしてしまった。運が悪いことには……、ウトは、そう言っていたサー。ウトは夕飯を出して、ひとりだけ座を離れタキギ拾いをしていたから、爆風で吹き飛ばされただけ……。這い上がって行くと、たった今まで、家族六人がいた場所は、大穴が口を開けているだけで、肉片のひとつも残っていなかったそうだ」

「……」

「墓の中の遺骨は、サイパン島の山中から拾ってきたイシグヮー（小石）カラカラ（擬音）だと、言っていた」

寡黙で笑うと八重歯を見せていた、あのウトオバーの顔を想い浮かべていた。

「ウトはいつも首にタオルを巻きつけていたのを覚えているねー。あの下の首筋をはじめて見せられた。あれは、鎌で……、自分で切った……。やはり、そうだったのかと、思ったサー……。アワリヤー（哀れだネー）」

母の「アワリヤー」の響《ひび》きに、崖《がけ》から飛び降りるバンザイ岬の映像シーンがかぶさってきた。

「気がつくと、ウトはアメリカーの野戦病院に収容されていたそうだ。ウトは、笑っていたサー」

母は自分の戦争体験と重ね合わせているのだろうか、あえぎにも似た長い息を何度も吐きながら、

「ウシ（私の母の名）さん、ワンヤ　カンポゥヌ　クェーヌクサールヤンドー。（私は艦砲の食い残しですよ）その上、死にぞこない。自分ひとりだけが生き残ってしまった……」

「……」

「ウトはサイパンから、最後の引揚船《ひきあげせん》で村に戻って来たが、それからが、また、アワリサー。シマ（故郷）に戻って来たら、今度はみんなのヤナグチ（陰口）に迎えられた。『ウトは命運が強いから、家族七人の命と引き替えに、ひとりだけ生き残った』そんなシマで生活

するのも辛いサー。チムグルサンヤー（可哀想《かわいそう》だねー）、それで、ウトは石川に移り住むようになったそうだ」

「オバー、直子とウトオバーは、どういう間柄《あいだがら》なの？」

「直？ 直子はウトの姪サ。直も、戦争で家族が全滅《ぜんめつ》サー……。三歳のワラビ（幼子）が、ひとりだけ生き延びた。それで、ウトが引き取って育てることにしたんだって。ウトはこう言っていたサー。『イクサヌ クェーヌクサードゥヤンドゥー（戦争の食い残した者同士）、助け合って生きて来たサー』と……」


来訪約束の時間は一四時であったが、直子がチャイムを鳴らしたのは、その時間よりも一五分も早かった。

「敏男ねー！」

「直子！ 久しぶり」

「あれっ、どうしよう。すっかり、オジサンになっているねー」

「お互い様だ」

「元気そうね。あっ、これ、娘の真美。今、大学三年生」

重ねた年相応に肉付きのいい母親の後から、頭ひとつ出る背丈の娘が、微笑とはじけるような声で挨拶を受けた。

「はじめまして、真美です。今日は母の介添え役で付いて参りました。あまりの興奮で卒倒でもされても困りますから」

「いやーね。こんな娘です。いつも、あなたの話ばかりしていたから……。子どもは出来の悪いこの子だけ、ひとり」

隔たっていた時間の溝は、この母娘の軽妙なかけあいがほぐしてくれた。

「そうそう。ウシオバーのお加減はどうですか？　すっかりご無沙汰しているものだから。義安兄さんに電話したら、手術したと聞かされてびっくりよ。全然知らなかった。ごめんなさいネー」

「術後の体調もいいみたいだ。口も元どおり達者だから」

「そう、よかった。奥の部屋ねー？　今、休んでいるの？　ちょっと、ご挨拶してくるねー」

母娘は連れ立って母の寝室に向かった。隣室からウチナーグチで交わされているやりとりが、しばらく聞こえていた。

「オバー、また来るね。元気していてよー、いやだー、オバー。もう……」

やはり、母から軽口を浴びせられたらしい。直子と真美さんが、笑い声を引き連れながら戻ってきた。

「ウシオバーは、しっかりしていて少しも変わらないねー。元気サー」

「足腰は弱ったが、気だけはあのとおりだ。ところで、君のところのウトオバーは、どうしている？」

「ウチのオバーね？　もう九一歳よ。ンンーン、ダメ！　今は浦添市の老人ホームにお願いしている。四年前から軽いボケ症状が出始めたから、ひとりで生活させるのも心配でしょう……。この頃は、ちゃんとした会話も成り立たなくなってしまって……。目だけヨ、しっかりしているのは……」

「老人ホームか？」

「嫁ぎ先の義母も寝たきりで……。ふたりの年寄りは看きれないから。それで……」

兄からの電話の後、間もなく直子の手紙が届いた。四〇年ぶりの幼友達からの手紙は、余計な修辞を一切省かれた文面で始まっていたが、次の箇所から釘づけになった。


〜略〜

わたしが養女であるのは、お聞き及びと思います。ご相談事はそのことではありません。私たちは二八年前に結婚しました。その折、はじめて戸籍謄本《こせきとうほん》を目にする機会がありました。

謄本には義父の文正以下、三男二女の子どもたちの欄に、×印がつけられていました。昭和一九年七月三日サイパンにて死亡。妻ウト届出。除籍《じょせき》。

この話は養母からすでに聞かされていましたので、驚くことではありませんでした。しかし、その長男の欄《らん》にわたしが知らない名前が、抹消《まっしょう》もされず残っているではありませんか。

出生・昭和六年四月八日　長男文洋

これまで五名と聞かされていた義母には、実は六名の子どもがいたのです。戸籍謄本の長男・文洋なる人物について問いただしました。しかし、返ってきた義母の言葉は、珍しく叱責《しっせき》にも似た強い口調でした。

「行方不明！」

その後もたびたびこのことに触れましたが、母から返される答は変わりません。

とうとうわたしにとっての疑問が解けないままです。

石川の義母は、今、老人ホームにお世話になっておりますが、入所準備のため、わたしは実家の荷物整理に出かけました。つつましいひとり暮らしですし、常日頃から、整理整頓を口やかましく言っていただけに、手間などかからないものでした。それでタンスの着物に風を通すために、引き出しを開けたところ、その奥から文箱《ふばこ》が出てきました。その文箱には通帳といくつかの書類などが入っており、わたしの娘の真美が小学一年生の頃、敬老の日に描き送ったおばぁちゃんの似顔絵《にがおえ》も折りたたまれ、しまってありました。

その絵の下から差出人がないひとつの封書が出てきました。手紙のやりとりなどない義母です。気にかかるものですから、その封書を開けてみると、その中に鹿児島県のある住所が書かれた一枚の紙が入っておりました。わたしはその時は、―ふーん、母の知人が鹿児島県にもいるんだ。もう、手紙を出すこともないだろう―と、捨てるゴミ箱に投げ入れたのです。でも、なぜか、思い直したのです。―こんなに大事そうにしまっているからには、この住所は大切な相手先かも知れない―。それで、その封書はわたしが預かることにしました。

何枚にもわたる直子からの手紙は、まだ何枚も残していた。

わたし、あなたが書いた本、『花に逢はん』を読み進めていました。そしたら、八四ページです。そこに、どこかで見覚《おぼ》えのある住所が書かれていたのです。敏男がたどり着いたという鹿児島のハンセン病療養所。

「鹿児島県鹿屋市星塚町四二〇四番地」

この住所、どこかで……。見覚えが……。記憶をたぐってみました。アッ！　この住所、母の封書の中にあったあの住所と同じではないか？　私は慌てて、母のあの封書を……。そうでした。間違いありませんでした。あなたの本の中の住所表記と同じではありませんか。

どうして？　この住所を……母が？　……。最初は、敏男が逃げて行ったという療養所を義母はどうして知っていたのだろう？　程度の疑問でした。念のため封書の消印日付を見ました。一九五五・八・一一のスタンプが判読《はんどく》されました。敏男はそのころ、まだ石川にいたし。……。封筒と封入文書とは無関係なのだろうか？　いろいろ考えをめぐらしました。

その時、ふいに、あることが頭をよぎったのです。こんなに大切に保管されていたこの住所メモ、あるいは？　……。

母がうろたえたまま「行方不明」の言葉で口を閉ざしてしまった、あの戸籍の「文洋」なる者の連絡先ではないか、そうすると、そこは、……。鹿児島のハンセン病療養所。行方不明といわれた文洋は……。敏男と同じ病気？　……。わたしの中で、めまいにも似た衝撃《しょうげき》が走りました。

戸籍の長男文洋さんは、昭和六年生まれと記載されていましたから、健在だと、もう六七歳になるはずです。この年齢ですから……。あるいは、今でも元気なのではないか……。そう思いはじめると、わたしの気持ちは……。もし、元気でいるのなら……。母に一目だけでも会わせてあげたい。そのことが叶えられないのなら、わたしが……、会いに行きます。

わたし、ふと、ある思いつきに至りました。わたしがいくら聞きただしても答えてくれないこの疑問を、あるいは、あなたになら……。もし、もしもよ、わたしの憶測《おくそく》が不幸なことには的中していて、文洋さんとあなたと同じ病気で、そのことが原因で親子が別離したのであれば、なおさら、敏男にならば、と思ったのです。浅ましいたくらみ、と怒らないでください。

でも、わたしの憶測など全くの見当はずれであって欲しい。だって、そうでしょう。ひとつの病気が原因で親子が切り裂《さ》かれるなんて。……。わたしの心はまとめようがないほどもつれています。でも、どのようなことでもいいのです。母の心の重荷を少しでも軽くしてあげたいのです。わたしができる恩返しは、このようなことしかありません。敏男、わたしを助けてください。

〜後略〜

対岸の時

「それでは、義安兄さん。敏男をしばらく借りるね」

「直、時間を作ってウトオバーの見舞いに行くから」

玄関先で兄に見送られた。通勤時間にはまだかなりの間があるにもかかわらず、すでに道路は混み始めている。真美さんが運転する車は、浦添市のY老人ホームに向かった。

「今日は介護ヘルパーさんをお願いしてきたから、気持ちもゆったりできる。いつもアワティーハーティー（あわてふためいてばかり）だから」

「大変だナー」

「敏男久しぶりだから、何か、昔の話でもしてよー」

「古い話ねー。ホレ、直子は覚えているかなー。ウトオバーは、僕が発病して療養所に入る直前まで、蓬《よもぎ》を煎じた薬湯を作って、僕の手足をマッサージしてくれたのを……」

「覚えている。わたしも一緒にしてあげたサ？」

「うん」

「それにアタビチャー（蛙《かえる》）よ。義母がアタビチャーを、たくさん捕まえてきた。あなたはヨーガラー（痩《や》せて弱々しい）だったから……栄養をつけなければ、どんな病気にも克てないと、蛙の足をいため物して、あなたはよく食べさせられていたよねー」

「蛙を食べたわけー！」真美さんが驚きの声を上げた。

「そうよ。その頃、みんな貧しかったから、貴重なたんぱく源だったのよー。わたしもご相伴《しょうばん》にあずかったお陰で、ホレ、今でもその効き目が」

直子は笑いながら、ポーンと自分のお腹を叩いた。そして、助手席の背に額をあずけたまま両手を組んだ。

「その敏男が……、突然、いなくなってしまった」

「少し外の空気を入れようね」そう言いながら、パワーウインドーボタンに手を延ばした。外気温を引き連れた生暖かい風が私のえり首にも届いた。

「お母さーん、それでは冷房が台無しでしょう。もうー」

「ちょっと、空気を入れ替えるだけ……。あなたねー、自然の風が一番涼しいのよ」

「いつもこうなんだから……」

「わたしは泣いて、泣いて。うちの母にも、ウシオバーにも聞いたサ。敏男はどこに行ったのよー。でも、教えてくれなかった。わたしもしつこいからサ……。それでも、あなたの行く先を、問いただしたサ。そしたら、うちの義母はわたしを抱きしめ、涙を落としながらこうさとされた。……直、敏男のことを聞くのは、もう、止しなさい。直が敏男の名前を口にすると、一番悲しむのは、ウシオバーだから……。このひとことで、何かが分かった気がしたサー。それから、あなたのことは、もう決して口にしないと、心に決めたんだ」

「お母さん、もういいでしょう？　そろそろ窓をしめてよー」

「分かった。了解しました。真美、後ろの話に気をとられないでよー。しっかり運転してちょうだい」

「前方確認、それに、後方確認もOKでーす」

「あれ、三月だったよねー、そうでしょう？　わたしが高校一年生の三学期だったから。ウシオバーから、『敏男は元気だよ。ヤマトの病院に渡ったよ』と、そっと、耳打ちされた」

「うん。一九六〇年三月七日だ」

浦添市のY老人ホームは、住宅地はずれの高台にあった。

庭は手入れが行き届き、トレニア、クベア、クリサンセマムが、その花姿を競っており、各部屋のテラスにも、今が盛りの鉢植えの松葉ぼたんが、等間隔に釣り下げられていた。

受付けを済ましてロビーを横切る私たちに、車椅子のオジーから声を掛けられた。

「ター　タジニティメンシェーガ？　（どなたを訪ねて行かれるのですか）」

「屋嘉比ウトさんのところまで」

「部屋、ワカインナー？　（分かりますか）」

「はい。分かりますよ。ありがとうねー。オジー」

そう応えると、残念そうな表情を浮かべて、オジーは右手をあげた。

老人ホームの管理度のチェック方法は、庭の手入れと各部屋の臭気で判然とする。このYホームの入居者サービスも良質であるのが伺えた。

中庭に面して廊下《ろうか》がつづいて風が渡っている。東側五番目の部屋は植物名の「伊集《いじゅ》」と表記され、入り口の壁には―屋嘉比ウト・山城カマ―と名札が掲げられていた。外の景色が目にできる配慮《はいりよ》なのだろうか、窓側を足元にし、ベッドがふたつ並べられていた。

「グブリーサビラ。ハイ、カマオバー（失礼します。ハイ、カマおばー）」

部屋に入った直子は、まず、枕元に―山城カマ―と、名札があるお年寄りに声を掛けながら、枕元にたたまれていたタオルをとり、カマオバーの顔をふいていた。

「アチサイビーンヤー。チャーガンジューヤミセータンナー（暑いですネー、ずっとお元気でしたか）」

襟元《えりもと》や裾《すそ》に手を伸ばしている直子の肉付きのいい肩がゆったりとゆれている。わたしは、部屋の入口でその後ろ姿をみつめていた。直子はしばらく同室のお年寄りの世話を焼いてから、ウトオバーの頭をなでつけた。

「ごめんねー、先週は来れなくて。便秘はどうー、薬はまだ飲んでいるの？」

「……。ネーサン、ウンジュャ ターヤミセーガ？ （姉さんあなた様は、どちらさんでしょうか）」

「いやだ。オバー！ 忘れたの、わたしを」

ウトオバーは目を寄せ、一生懸命記憶をつないでいる風だった。

真美さんが自らを指差しながら脇《わき》から声を掛ける。

「オバー、わたしは？」

「エー真美。真美ナー ワカインドー、アンシマディフラーヤアランサ （分かるよー、そんなにぼけてはいないよ）」

「オバー、もう一度聞くよー、このチュラカーギー （美人） は誰よー」

「ワカラン。ターヤガ （分からない誰なのか）」

「孫は覚えているのに、娘を忘れるなんて、もー、ヤナオバーね （いやなおばーネ）、あなたの娘、ナ・オ・コ。直子でしょう？ いやだ、もう。分かった？」

「ナオコ？ ……えー、直」

「オバー、今日は珍しいお客さんを連れて来たよ。イハのトシオさん。覚えているネー？

石川のウシオバーの息子さん、判る？」

直子はわたしをウトオバーの近くに引き寄せた。

「ウトオバー。チャーガンジュー （ずっとお元気） でしたか。お久し振りです。敏男です」

「……」

しばらく私をみつめていたが、顔の前で手を振った。

「兄さん、ワンネー　トゥシユティ　カニハンリティヨー　ターガターヤラ　ワカランナティ　ハジカサヌ　クネーリドー（兄さん、わたしは歳をとり、もうろくしてしまい、貴方がどなたか分からなくなってしまいました。はずかしいことだけど、ごめんなさいネ）」

「もう、オバーは、忘れてしまったのかネー」

直子はため息まじりの声を上げ、そして、耳元に口をつけ、大きな声でもう一度呼びかけた。

「オバー、ト・シ・オ。ウシオバーとこのトシオだよ！」

ウトオバーは入れ歯をカチカチ鳴らしながら、わたしの名前を反芻《はんすう》するようにつぶやいた。

「ト　シ　オ？　……。ト・シ・オ？」

いきなり、わたしの手首の手はオバーの強い力で引き寄せられた。そして、胸の上でその手を包み込み、身をよじって泣きはじめた。

「アイエーヤー　アイヤー、トシオ！　トシオドゥヤンナー　トシオー！　アリヨー、アリ！　アヌアワリヤンメー　ナー　ノータンナー、ノータン？（アー、敏男！　敏男なのか、敏男、あー、あの苦労した病気は、もう、直ったのか、直ったの？）」

オバーは後遺症《こういしょう》で変形した私の手に息を吹きかける。そして、あの頃と同じようにわたしの手をさすり始めたのである。

「クヌティーグヮーヨー　ヤムンナー　ヤムンナー（この手よ、痛むネー、痛いネー）」

「……」

直子が私に目くばせを返した。

「オバー、真美とわたしは用事があるから、チョッと家に寄ってくるネ。用事を済まして、また戻ってくるから、それまでゆっくり、敏男と話していて……」

わたしとオバーを、しばらくふたりきりにする算段《さんだん》らしい。その間にあの―文洋―なる者の存在を、聞き出して欲しいとの催促《さいそく》にも思えた。

「オバー、何か食べたいものはないの？」

「カンダバージューシー（サツマイモの葉入り雑炊《ぞうすい》）」

「分かった。カンダバージューシーね。それではおいしいジューシー（雑炊）を作って持ってくるから。じゃーし、オバー、またネー」

「えー直、六時からユーバンヤグトゥ、ユーバン　断っておくサー。えー、直、時間、ワシリンナヨー（えー、直、六時から夕ご飯だから、夕ご飯は断っておくから、直、時間を忘れないようにしてよ）」

「はい。はい」

ふたたびの

「エー、クヌ寝台グヮー　アギィティトゥラシェー　ウヌボタンウスレー（えー、このベッドをあげてちょうだい。そこのボタンを押せばいいよ）」

ウトオバーの上半身が引き起こされた。

「エー、チラグヮー　ユクミシレー（顔をしっかりと見せておくれ）」

私は椅子を引き寄せた。

「エー、ヤサ、敏男ドゥヤサ（えー、そうだ敏男だ）」

わたしの顔を穴の開くほどみつめ、得心がいったとの表情は泣き笑いにも似ていた。

「ダー　ナー　一回　ティー　ダー（どれ　もう一度手を　どれ）」

私の手がウトオバーの両手で包み込まれた。

「カワイソウネー　アワリヤー、ヤタンヤー（可哀想だネー　苦労したでしょう、苦労だったネー）」

わたしはある錯覚にとらわれ始めていた。すでに知覚を失ってしまったはずの手先から、熱に近い何物かが、ゆっくりと上半身に伝わってくる気がした。

「ウチナーカイ　ムドゥタンナー？　（沖縄に戻って来たのか）」

「いや、オバー、仕事で返って来ただけだよ。明後日、また大和《やまと》に戻る」

「そうねー、ずっとヤマトゥネー（大和ネー）」

「そう。今は東京に住んでいる」

「あんな野蛮なヤマトになぜ居るネー。沖縄に戻って来たらいいのに……。エー　ムドゥティクーワ、ウチナーガマシドー（戻って来なさいヨ。沖縄がいいよ）」

「うん……」

「ユミや？（嫁さんは）」

「……。ガンジューですよ（元気ですー）」

「クヮヌチャーヤ？（子どもたちは）」

「タイウイビーン（二人おります）」

「タイ？　マギーナー？（ふたり　大きいの）」

「上が息子で二四、下は娘で二一歳」

「そうネー、タイナー？（二人ねー）よかったサー」

わたしの目はウトオバーの首筋に注がれていた。あの頃、いつもタオルが巻かれ隠されていた首周りには、赤く浮き上がった傷痕が、のど元から首を横一文字に走っていた。

「ンカシンチュヤ　ムルフリムンドゥヤグトゥ、ウヌヤンメー　ウトゥルサッシ（昔の人はみんな痴れ者だったからこの病気を怖がっていた）。ウヌヤンメー（この病気は）チュンカイ（人に）簡単ニウチールムンヤアランシガ（簡単に感染《かんせん》するものではないが）ムルジ

ンブンタラン　馬鹿ルヤル（知恵が足りない）」

次々と繰り出されるウトオバーのウチナーグチは、わたしの頭に残っている沖縄言葉の語《ご》彙力《いりょく》を限界に追いこんでいた。

「クンチャー、ムヌクーヤー　ンディイチ　チラティィ。ンンーン　ウトゥルシムンヤアラン。ヤラヤー、イイークスイグヮーヌミワア　シグノーインドォー（―上記のふたつともハンセン病への蔑称《べっしょう》―と名を付けながら嫌い、この病気は決して、恐ろしい病気ではないそうでしょう？　いい薬を飲んだらすぐ治ってしまう）」

「……」

「ちゃんとした会話も成り立たなくなって…」

確かに直子はこのように言っていた。矢継《やつ》ぎ早に繰り出されるウトオバーの意見を耳にしながら、わたしはある混乱に陥《おちい》っていた。あるいは、あれは聞き違えたのだろうか。

窓の外の夏の陽は、まだ強い照り返しを保っている。庭ではすずめの群れが、芝をつつきまわしていた。

決断がつきかねていた。のどの奥で言葉がうずいていたが、わたしは迷いの中にとどまったままだった。

やはり、直子の依頼《いらい》ははっきりと断るべきだった。言葉をさがしながら、焦点の定まらない視線を泳がせていた。

その時、整理ダンスの上に立てかけているサンシン（三線）が目に入った。

「オバー、今でもサンシンを弾いているんだ」

「トゥスィヌティアシビーヤサ（老人の手慰めヨ）」

――あー……、あの頃、夕飯の後のオバーは、いつもひとりで小さな声を三線に乗せながらうたっていた――。わたしの目は首すじの一文字の傷あとを見つめていた。

「……オバーは、大和に行ったことはあるの？」

「あるサ！」

「ウトオバー、ゴメン、ウンジュヤ　ヤマトゥグチ　ナイビーンセンナー（ウトオバーごめんなさい　あなたは大和口（標準語《ひょうじゅんご》）で話せますか？）」

「ヤマトゥグチナー　ヤマトゥグチヤレーワカインドー　ワンネー　サイパヌン　鹿児島ン　ンジャルクトゥアグトゥ　上等ヤマトゥグチムルナインドー（大和口ねー、大和口分かるよ、わたしはサイパンも鹿児島にも行ったから、上等な大和口をすべて話せるよ）」

「オバーごめんだけど　大和口シチィ　ハナシーッシキミソーリ（大和口で話してくれませんか）」

「イー（いいよ）」

「オバーが大和に行ったのはいつだったの？」

「昭和一七年」

「一七年？　その頃、オバーはサイパンに居たんじゃないの？」

「そう。サイパンに居たサー、サイパンからヤマトまで行ってきたサー」

「ヤマトの何処《どこ》まで行ったの？」

「鹿児島」

「サイパンからだと、長旅だったねー」

「そうサ。二週間の長旅サー。サイパンから那覇にもどって、与論《よろん》、沖永良部《おきのえらぶ》、奄美《あまみ》大島から鹿児島まで。デージヤタンドー（大変だったヨー）。フニヨー（船は）、島の港に寄りながら、客を下ろしたり、乗せたりして行くから……」

「それは難儀《なんぎ》だったねー」

「でも、オバーは長旅には慣れていたサ。結婚前にはハワイに行ったこともあるから」

「へえー、オバーはハワイに行ったこともあるの？」

「あるサ。ハワイにはウージカヤーシニイチャンドー（あるよ、ハワイにはサトーキビ労働に行ったサー）」

「それなら、アメリカ帰りのハイカラ娘だ」

「そうでもないサー」

オバーは、―ウ・フ・フ―と、照れたような笑い声をあげた。

（今だ！）わたしは、とうとう踏み出してしまった。

「鹿児島へは、オバーはひとりで行ったの？」

「いや……」

オバーは一瞬《いっしゅん》口ごもり、一転して表情をとざした。

もう、意を決するしかなかった。すでに、言葉が走り出してしまった。

「オバー、鹿児島のどこへ寄ったの？　寄った先は敬愛園《けいあいえん》という病院じゃなかったの？」

オバーは私を睨みつけ、それから、プイと横を向いた。しばらくそのままの姿勢を保っていたが、向き直りざまに両のこぶしで私の胸をたたいた。

「直ナー、直子が……」

「違うよ、オバー。直子は……、何も言わないョ。ただ、……」

「アラン！　直ヤサ（違う、直に違いない）、直が！」

嗚咽《おえつ》をかみ殺すようにして身をふるわしている老母を前にしながら、わたしは軽薄な自分を恥《は》じていた。

「オバー、ゴメン。人には……、忘れたい話がいっぱいあるからねー……」

言い訳にもならない言葉でつくろったが、会話のつぎ穂を失ってしまった。オバーは顔を伏せたままである。わたしはその背をさすりつづけた。

隣のベッドから、寄せては引くようなカマオバーのいびきが聞こえてきた。耳にとどいていたそのいびきに聞き耳をたてることで、わたしはある逃げ場を保っている。しばらくふたりの間の時間が止まっていた。

ウトオバーはゆっくりと身を起こした。

「鹿児島へは、ふたりで、……ふたりで、行ったサ」

「オバー、もういいよ。話さなくてもいい……」

「ンンーン、オバーは、敏男には話すサ。同じー、同じヤンメーで、アワリしたから（いや、オバーは、敏男には話すサ、同じ病気で苦労したのだから）」

オバーは背筋をのばし、一語一語の言葉を区切り、まるで自分自身に語りかけるように話しはじめた。

「ワッター（家の）長男のフミヒロは一一歳だったサ。フミヒロは海が好きで、学校から下がるといつも海で泳いで遊んでいた。その日もそうだった。塩水を洗いながしてやっていた。その時サー、文洋のお尻に小さな紅斑《こうはん》があるのに気づいたのは……。オバーはタムシかねーと思ったから、タムシチンキをつけてやった。ンンーン、その時は、何の心配もしていなかったサー。薬をつけてやれば、そのうちに治ると、思っていたから。オバーは弟妹たちにうつらないように気を配っただけ」

「どんな大きさの紅斑だったの」

「おや指の先ぐらいよ。しばらくすると、今度は、文洋の太ももにも同じ紅斑ができたサ。薬をぬってやっても、それがいつまでたってもひかない。そしたら、文洋が妙なことを言い始めたサー……」

「妙なことって？」

「『オッカー、ここ、つねっても痛くないよー。ぼく、チューバー（強い人）になったのかネー』あわてたサー。それで、おかしいと思い始めたのヨ」

「何か思い当たる節でもあったの？」

「オバーは、沖縄にいた時、聞かされたことを思い出したサ。クンチャー（ハンセン病の別称）の話サ」

「衛生講話か何かで聞いたの？」

「違うサー、馬喰《ばくろう》のユンタク（おしゃべり）清栄からさ。清栄はあちこち行き来しているから、村一番の物知りでもあるわけ。アレがヨー、クンチャーにかかると、だんだん神経がなくなって、アチコーコー（熱感）も痛いのも分からなくなると言っていたからサ。まさか自分の子に限って……。そう思いながらも、だんだん心配になってきたサ」

「それで病院で診てもらった？」

「ンンーン。病院に連れて行く前に、加藤軍医さんに診てもらった。その頃、サイパンには友軍がたくさんいたサ。日曜日になると、いつもオトーと、一緒に釣りに行っていた軍医さんがいた。アメリカーが上陸して来るまでは、サイパンも極楽だったから、加藤軍医さんは、休みの日になると、家によく遊びに来ていた」

「その軍医の診断結果は、どうだった？」

「間違いなかった……。文洋の病気は、ライ病（ハンセン病）に間違いないと、言われたサ。ただ、世間の口はうるさいから、サイパンの病院には連れて行かない方がいいと、釘をさされた」

「治療はどこで受けさせたの？」

「加藤軍医さんは親身になって世話をしてくれたサー。『文洋君の病状は軽いから、今から治療を始めれば何の心配もいりません。わたしの同期生で、この病気の専門医が鹿児島におりますから、紹介状を書きます。鹿児島の病院へ連れて行ってください』。あの人は、神様のようだった」

「それでオバーは、息子さんを連れて、鹿児島に向かったの？」

「うん。オトーは、漁業組合の組合長をしていたから、サイパンを留守にする訳にはいかなかったサー。それで、オバーが……。あれは、昭和一七年の正月だったネー」

（やはり、そうだったのか。残念ながら直子の疑問は的中していた）

「何が……幸、不幸の別れ道かワカランサー。文洋は病気をして命は助かった。アメリカーがサイパンに上陸した時には、鹿児島の病院に入れていたから……」

「オバー、やはり、家族六人は艦砲にやられたの？」

「オバーだけ残して全滅！　アランサ、ナーチュイヌクトーン（違う、もうひとり生き残った）。文洋は病気していたから、艦砲弾の直撃を浴びることもなかった。家族はオバーと文洋が生き延びた」

「文洋さんは、今も元気しているの？」

「ウン。病院で元気しているらしいが、ワカラン！　（分からない！）」

「息子さんとは、それから一度も会っていないの？」

「アヌ　フリムン　アーランティィンシムン！　（あの馬鹿者とは会わなくていい！）」

「何の音信もないの？」

「アラン！（違う）昭和二三年だったかネー。ヤマトの病院に入っていた沖縄の病人二〇〇人が、マッカーサーから許可が下りて、沖縄愛楽園（ハンセン病療養所）に病院船橘丸で帰って来たと聞かされたサ。オバーヤアワティティ（オバーはあわてて）、愛楽園に訪ねて行ったサー。ンーン（いや）、文洋は、その船に乗っていなかった」

「どうして？」

「オバーは鹿児島の病院から帰って来た人たちに聞いてまわったサー」

ウトオバーの顔が突然ゆがみ、涙が溢れ出た。

「アヌ　ヤナワラバー　クングトゥ　イチョータンディ（あの馬鹿息子はこのように言っていたそうだ）。『ぼくの家族は戦争で全滅してしまったから、今さら、沖縄に帰ってもしょうがない』」

「オバーが生き残っているのを、息子さんは、知らなかったの？」

「そんなことはないサー、サイパンから沖縄に戻ってから、すぐ、文洋には手紙を書いたサー」

「じゃー、手紙は、文洋さんに届かなかったの？」

「アランサ！（違う！）愛楽園を訪ねてから、オバーは、また手紙を出したサー。それから、半年ぐらいして返事は来たサー」

ウトオバーは身をよじり、声をあげて泣いた。わたしはなすすべもなく、ただ、オバーの背をトントンたたくだけだった。しばらくその泣き声は続いていた。顔を伏せたまま老母は、息子をののしった。

「アヌフリムン　クサムヌイーッシ　カンシ　カチェタン（あの馬鹿息子、理不尽なことを言って、こんなことを書いて寄こした）」

母と子が再会を喜び、抱き合うことを拒絶する手紙の内容は、もう知りたいとは思えなかった。

「オバー、ナーシムサ（オバー、もういいよ）」

「アラン！　敏男ユーチチトラッシェー（いや、敏男、聞いてちょうだい）『お父さんと弟や妹との命日とは違いますが、鹿児島のハンセン病療養所に入れられた日が、わたしも死んだ日です。他の家族を守るために、一一歳のあなたの息子は、遠い鹿児島に追いやったのでしょう。だから、あの日から、あなたの息子は、もうこの世にはいないのです』」

「……」

「ヤシガ　文洋ビケーンシミララン　カンポウーンカイ　オトーン　ワラビンチャーンムル　トゥバサリティ　ゼンメツシ　タマシヌギティ　ワンネー　イラナッシ　クビチッチャン　ワンニン　アメリカーヌ病院ウティ　イチィフチケースルマディ　文洋ヌクトゥ　ワシリトータン　ヤグトゥ　文洋ビケーン　シミララン　ワンニン　母ウヤヌ　シカクネーラン！　バチアタトーン！（でも、文洋だけを責められない。艦砲でお父さんも子どもたちも吹き飛ばされ全滅してしまい、わたしは正気をなくし、自分の首を切ってしまった。アメリカの野戦病院で息を吹き返すまで、文洋のことを忘れていたのだから。だから、文洋だけを責められない。わたしも母親の資格はない。罰があたってしまった)」

「そんな」

「生き地獄ドゥヤル　ワンネー　チャーシェー　シムタガ　アワリヤサ　敏男ヨー　オバーヤ　イチヌビティ　アワリッシ(まるで生き地獄だ、わたしはどうすればよかったの?　哀れだネー、敏男よー、オバーは、生き延びて、そして、苦労している)」

老いたウトオバーの終着地は、まだ、遠い道のはるか先である。


「敏男、昨晩、ウトオバーが肺炎でなくなった。いや、大往生だったそうだ。直子から、敏男には遠いところ大変だけど、ぜひ、葬式に出てもらえないだろうかと言ってきている。どうしても合わせたい人がいるそうだ。葬儀は明後日だ。分かった。直には、そう伝えておく」

一九九九年四月二六日、享年九三歳　屋嘉比ウトの葬儀がHホールでしめやかに行われていた。親族の縁が薄かったウトオバーの葬儀の参列者は少なく、兄義安とわたしも最前列の席に案内された。遺族の席も直子の家族とわずか六人だけが並ぶわびしいものだった。読経の声だけが葬儀室を圧していた。葬儀社の関係者にうながされて、わたしも焼香のため席を立った。

目を伏せながら、遺族の前にすすみ出た。お悔みの言葉を述べ終え顔をあげたわたしの目は、直子夫婦に挟まれ、挨拶を返している初老の小柄な男性に釘付けになった。

—アッ！—

わたしは不謹慎にも小さな声をあげた。

直子がその人の手に自分の手を添えながら、わたしにうなずいた。

祭壇のウトオバーの遺影には、いつも首に巻きつけられていた、あのタオルも、そして、真一文字の傷跡も消されていた。

手を合わせながら呼びかけた。

「オバー、ひと足遅かったねー……、でも、文洋さんは、ちゃんと、帰ってきているよー」

＊1　アメリカ軍政府は、一九四五（昭和二〇）年八月二〇日、各地区捕虜収容所代表者百数十人を招集し、現うるま市に沖縄諮询委員会を設置することになる。この時から戦災復興へ向け、名目上の県民自治機能組織が動き始める。

往路のない地図

無念の風景

―一家九人が服毒心中―の報道が日本中を駆け巡った。昭和二六（一九五一）年のことである。

日本のハンセン病問題を象徴するような悲劇は、星空の眺望《ちょうぼう》を観光資源とする、四囲が山々に抱かれるような盆地の小さな村で起こった。

今では隣接する町や村が合併し、人口五万人余のH市の小字となり、旧村名をそのまま残している。

新聞報道記事、全国国立癩《らい》療養所患者協議会（現・全国ハンセン病療養所入所者協議会）関係資料、事件発生五日後に現地入りした全国癩療養所職員組合協議会調査団の「実態調査報告書」を何度も読み返し、証言をつなぎ直しても、私の疑問は次第に強まるばかりだった。

わたしの疑問の扉は、つぎの各項目のつながりと死への選択の道筋で、多くの壁で仕切られていた。

①　長男のハンセン病診断
②　家族への発病情報の告知
③　家族全員の死の合議

④　家族九人の死の合意と次女呼び寄せの打電
⑤　家族九人の遺書作成
⑥　冷静周到な準備
⑦　一家心中の決行
⑧　次女のS駅到着

原因→動機→実行へと、進むこの一家の選択の道筋が、私の中でどうしてもつながらないのである。

一部の関係者で断定的に論じられている―関係当局の不適切な処置―、―特別な疾病感―、―秘密漏洩《ろうえい》―、―社会抗議―を関連させながらの説は、図式としてはわかりやすいが、問題の真相を社会的原因説に矮小化してしまい、逆にあいまいにしている危険性がある。ましてや、一部で報道されていた、この一家の特異な気風説でも、この問題の核心には迫れないのではないかと思えた。

ハンセン病が、この一家を心中に追いやった動機としては、疑いがないが、あまりに淡々と、それも、一糸も乱れず、死の道へ突き進んで行くプロセスと、この家族にとって、また、この地域にとっての「ハンセン病」とは、一体、どのようなものであったのだろうか？

松下家当主の遺書に記されていた「一家を全滅して今後のうれいを絶つ」と決断した、一家心中に値するほどの「うれい」とは、一体、何を指しているのだろうか？

この集落が抱える負の遺産、半世紀たっても風化しないままの小さな村の痛みに、わたしはこだわっていた。

同じ病に泣いた者であるがゆえのやり場のないせつなさが、日増しにつのってくる。何よりも、墓中に重ねられて眠る九人の「無念」が、わたしをとらえて離さなかった。

時間の中で風化されていくこの悲劇の手がかりを求めて、H市旧Y村の現地に立ち、自分の五感を全開にして、「惨劇」を選んだ原因に接近したいと思った。

わたしが合併前のY町を訪ねたのが、一九九八年の春だった。わたしは身分を明らかにして、いろいろなツテで当時を知る関係者に接触できないかと試みたが、ことごとく拒絶されたままであった。

「あれから五〇年近くも経っているのに、今さら、何を」

「関係者がまだ健在ですから、いろいろと差し障りがあります」

「寝た子を起こすようなことはやめてください」

「村の恥を晒してくれるな」

正面突破を図ったY町総務部長からの返事も、丁重であったが強い拒絶の意思が込められていた。

「申しわけありませんが、ご協力は出来かねます」

午前一〇時、私はY町役場住民課の窓口を訪れていた。人影はまだまばらであり、時間に追い立てられていない田舎町の朝がうらやましかった。

「お伺いします。旧番地でしか分かりませんが、K郡U村中蔵山《なかくらやま》○○番地は、今は何処《どこ》になるでしょうか？　元小宮山医院を捜しているのですが、新番地ではどこになるか教えていただけませんか」

あえて松下家の所在場所を避け、関係資料で目にした松下家の隣地で開業していたという小宮山医院を手がかりにして、現場を探し当てたいと考えたのである。

「K郡U村中蔵山○○番地の小宮山医院ですか？　お待ちください。調べますから」

その場所はすぐに判明した。

「小宮山医院は先代院長が亡くなられて、今は閉院しています。新番地ですね。Y町中蔵山○○番地になっています」

「どうもありがとうございました。中蔵山までのバスの便はありますか？」

「いいえ、路線から外れていますから、タクシーしかありません」

教えられた目的地は、町役場からはタクシーで一五分ほどの距離である。

「お客さん、ここから中蔵山地区ですが、家名をおっしゃっていただければ、門口まで行きますよ」

「いや、いいです。ここで」

できるだけ波風を避けるために、旅行客を装いながら旧小宮山医院を探すことにしていた。

町役場の窓口で—公民館の近くです—と、説明を受けていたが、タクシーはその公民館前の辻に達していた。

集落は道に沿って軒をならべていた。家々の手入れの行き届いた庭木や開け放たれた居間から、ゆったりとした営みがうかがえる。

間もなく道は右折れになり、家並が途切れた。その先は畑地が広がり、ところどころに果樹がひとかたまりになって枝を延ばしている。

しばらくこの地の空気に触れたいと思い、ゆるゆるとこの道をたどっていると、背丈ほどの果樹の下で、老夫婦が農作業のひと休みの様子で腰を下ろしていた。

「こんにちはー。それはリンゴの木ですかー?」

見慣れない者へ返される言葉は短かった。

「そーだ」

「ご精が出ますねー」

「若い木だもんで、それだけ手がかかるよ」

「他にもいろいろ作っているんですか?」

「なーに、年寄りふたりの畑仕事だから、自分らで食べる野菜ぐらいだ」

「ここは静かでいい所ですねー」

「あんた何処から来たー?」

「東京です」

「そうかい」

「ちょっとお聞きしますが、前の小宮山医院ですが、今はどうしていますか？」

「小宮山医院かね？　先生が死んだもんで、今、病院やってねーよ。息子は東京の大学病院で医者やってなさる。ばあちゃんは、娘夫婦と一緒で、まだ元気だー」

「そうですか？　ここからどのように行けばいいですか？」

「これから寄るのかい？　その前の道を左に下るだ。大きな欅の木があるで、その角の屋敷が元の病院だ」

「えー」

「急がねーなら、ここ寄って、お茶でも呑んだらー」

立ち話のままの私に、老婦人から手招きとともに声が掛けられた。

「それでは、お邪魔します」

「漬物でも食べな」

老婦人は箸で漬物をつまみ、わたしにすすめる。手を伸ばすと、変形した手を目ざとく見つけた老婦人は、何の遠慮の様子も見せず、そのことを聞いた。

「ありゃ、まー、あんた、その手、どうーしたー？」

「病気しまして……」

「そりゃ、まあ、不自由じゃーねーかい」と、心底から同情の表情を見せながら、手のひらに漬物を乗せてくれた。

口の中でナスの香りと味噌の甘さが同時にひろがった。

「おいしいですねー」

「そうかい。お茶でも一杯どうかい」

「それでは、遠慮なく頂戴します」

木漏れ陽が揺れ、座り心地のよい時間は小半時《こはんとき》にもなっていた。背中に受ける陽光が暖かく感じられたのは、季節のせいばかりではなかった。

老農夫は饒舌《じようぜつ》であり、先ほどからの話は、農業の行く末や世相批判にまで及んだ。

これほど心やすくもてなしてくれるこの老夫婦を前にして、わたしはある誘惑に誘われていた。思い切って、四七年前、この村で起こった松下家の一家心中事件を、この老夫婦に聞いてみたいと思った。

「ばあちゃん、お茶、もう一杯くれや」

水気を含んだ茶葉が、果樹の根元に勢いよくブチまかれ、新たにポットの湯が急須に注がれていた。

「昔、一家心中した松下さんの家は、何処ら辺りになりますか？」

「えっ！　あの家？　あんた、その家の縁者かい？」

「えー……」

あいまいに答える自分自身に、何か後ろめたさを覚えた。

「あの家なー……。一家心中した家なー、絶えたとよー。しばらく空き屋にしていたが、ぶっそうなもんで村が長いこと蚕小屋に使っていた。今、その跡地に工場が建っている。小宮山医院の斜め向かいの山下工業が……、あの家があったところだ」

「ついでにお伺いしますが、松下家のお墓に参りたいのですが、どこにあるかご存知ないですか？」

「あー、中蔵山集落の墓は、ゲートボール場の上にかたまっている。山下工業からすぐだ。だけどお寺さんは、今、ねぇどー。中蔵山はそっくり、本院の妙照寺さんの檀家になっている」

「その本院の妙照寺は、この近くですか？」

「いや、町役場の近くだ」

「いろいろありがとうございました。いやー、すっかりご馳走になりました。これで失礼します。お世話様でした。おふたりともお元気で」

「気つけて行きな」


教えてもらった道を下ると、元小宮山医院はすぐに見つかった。玄関のひさしに小宮山医院と書かれた門灯がそのまま残り、診療に利用されたと思われる平屋の玄関は、閉じられていた。

道をはさんだ斜め前の山下工業と看板を掲げた工場から、小型機械の稼動音が聞こえていた。

—ここなのか、あの惨劇が行われた松下家の屋敷跡は……

T字路になった角地から、畑地に囲まれた風景が見渡せた。わたしは四囲にカメラを向けシャッターを切った。

事件後の報道写真では、お蚕小屋と思える灯かり窓がのる瓦葺《かわらぶ》きの平屋が写っていた。南側前庭を前にしていた母屋は、道からはもっと奥に引き込んで建っていたと思われる。

(―あれから、すでに四七年の歳月が経った……)

私は松下家屋敷跡前で立ちつくしていた。

――一家心中を決行した、あの一月末の深夜を思い描いていた。しんしんと冷え込む家の外は、木枯しが吹き抜けていたのだろうか？　それとも、氷が張る音がしていたのだろうか？　時節はずれの晴れ着に身を包む九人の家族。ただし、次女だけはこの居間にいない。こたつの中で触れ合っている足は、暖かかったのだろうか。ひそめるような家長の言葉は、いつにも増して凛《りん》としていた。この現世は逃れるべき苦界、これから旅立つ彼方の極楽浄土への夢。今日を限りに松下家は断たれると宣言した。母親は、一人ひとりの顔に目を注いでから、四歳の末の娘の口元に青酸カリ入りの甘酒を近づける……。――

私の体を皐月の風が包んでいた。

この地の大気は、あの日のそのすべてを聞き留めているはずである。しかし、時間は人の世の記憶を消し去ろうとしている。

妙照寺二五世日啓上人からの連絡が入ったのは、Y町から戻った五日後だった。

「先日、わざわざ寺までお出で頂いたのに、留守にしておりまして失礼いたしました。町の総務部長からも聞きました。あの出来事は、誰も口にしないでしょう。何かのご縁でしょうから、ご足労でも、もう一度、寺までお越しいただけると、何かお役に立てると思いますので」

「お伺いします。是非……」

あきらめかけていた矢先だけに、旱天《かんてん》の慈雨《じう》にも似ていた。

妙照寺は櫟《いちい》の大樹に本堂が取り囲まれ、田園の中にあった。来意を告げると、内儀の響きのいい声で出迎えられた。

「ご苦労さんでございます。お上人、心待ちしておりました。十分なおもてなしもできませんが、どうぞ」

通された庫裏《くり》には、日啓上人が、満面の笑みを浮かべて正座していた。

「遠路はるばるお参りいただき、ありがとうございました。見ず知らずのお方が、遠路わざわざ松下家のご供養にお越しくださるとは、ありがたいことです」

「皆さん、なかなかお話していただけなくて、困り果てておりました。お上人さんのお言葉に甘えて参りました。ありがとうございます」

「松下家の関係者とは連絡がとれたのですか？」

「えー、まだ、亡くなられた松下家三女が書いた遺書宛先の竜前さんと、小宮山医院のご子息の連絡先までは、なんとかたどり着きましたが、わたし、おふたりにお会いするのを踏みとどまりました」

「どうしてですか?」

「やはり、閉じ込めている四七年間を、無理矢理こじ開けているような気がして、何かやりきれなさを覚えました。亡くなった松下家の皆さんとの関係が深いほど、余計にその傷は癒《いや》されていないのではないか、と思えたからです」

「そうですか。そのようにおっしゃっていただけると、少しは気が軽くなります。昭和二六年のあの事件は、この片田舎では驚天動地《きょうてんどうち》の出来事でした。こんな小さな集落が一気に全国から脚光を浴びせられるし、それに役場の皆さんは、事件の後始末やらで、国や県からは散々引きまわされるし、それだけに、根の深い傷を残してしまったのではないでしょうか」

「中蔵山集落は、妙照寺さんの檀家と伺いましたが」

「えー、元は妙顕寺というこの寺の末寺がありましたが、昭和二三年に廃寺になりました」

「そうすると、昭和二六年の松下家の葬儀は、どこが?」

「えー、その葬儀は組寺の諸上人が出座し、わたしの父も勤めさせていただきました。この妙照寺は松下家の菩提寺になっております。わたしも時々、お墓に詣でておりますが、中蔵山の皆さんは、今でも松下家のお墓にさえかかわりを避けるようにしています。わが宗門では無縁の墓にも供養を捧げると教えているのですが……。いつまでかかるのでしょうか。亡くなられた仏様の供養も大切ですが、あの中蔵山で生活している人たちの心の供養こそ、必要かも知れません」

日啓上人は昭和二〇年代の旧Y村の地図を広げながら、当時の村の状況を話しはじめた。

「ここが松下家のあったところで、その向かいが小宮山医院です。この当たりが集落の中心地です」

わたしは取材ノートをひろげ、松下家を中心とする略図を写し取っていた。

「失礼ですが、その写真、いつ撮られたのですか？」

「前回訪れたとき、撮った写真ですが」

「どなたかがあなたに、松下家のお墓を教えてくれたのですか？」

「いいえ、どうしてですか？　これらの写真はこの地の風景を、後で文章に書き起こすための忘備録がわりに、思いつくままに撮影しただけですが」

日啓上人は取材ノートの左ページに貼り付けられている四枚の写真を指し、驚いた顔をしている。

「驚きましたねー、この上段の二枚の写真の中央に写っているお墓、そう、そのお墓です。ただひとり生き残った次女が建てたお墓です」

上人はあわてたそぶりで合掌し、こう言った。

「松下家の皆さんが、あなたをお招きしております。この日啓、お経を上げさせていただきます。どうぞ、御一緒に。本堂の御宝前に」

朗々たる読経が響き渡っていた。

「本日、志主は伊波敏男様、Y町中蔵山松下家先祖菩提のため、心を込めてお経を上げさせて頂きます。無上甚深微妙の法は、百千万劫にも遭い奉ること難し。我れ今見聞し受持することを得たり。願くは如来の第一義を解せん。至極の大乗思議すべからず。見聞触知皆菩提に近づく。能詮は報身、所詮は法身、色相の文字は即ち是れ応身なり。無量の功徳皆この経に集まれり。是故に自在に、冥に薫じ密に益す。有智無智罪を滅し善を生ず。若は信、若は謗、共に仏道を成ぜん。三世の諸仏甚深の妙典なり。生々世々、値遇し頂戴せん。……。自我得仏来。所経諸劫数。無量百千万。億載阿僧祇。……。以悪業因縁。過阿僧祇劫。不問三宝名。諸有修功徳。柔和質直者。則皆見我身。……。観音妙智力。能救世間苦。具足神通力。広修智方便。十方諸国土。無刹不現身。種種諸悪趣。地獄鬼畜生。生老病死苦。……。故説般若波羅蜜多呪。即説呪曰。羯諦。羯諦。波羅羯諦。波羅僧羯諦。菩提薩婆訶。御唱和を三度お願い致します。南無妙法蓮華経。南無妙法蓮華経。南無妙法蓮華経」


日啓上人から手書きの地図が渡される。私には二か月ぶりの中蔵山だった。目指す墓地は村外れの火の見櫓《やぐら》が目印になっていた。

「ゲートボール場があります。そこは廃寺になった旧妙顕寺の本堂前庭です。墓地は脇の小道を登ると、左手にありますから」

墓地は夏草に埋もれかかった不ぞろいの石段を、数段登ればよかった。村の墓群は四列に並び、小さな塊をなしていた。

「手前の二列目です。墓碑には自諦院叡農日妙居士と我観院和枝日報大姉が、並んで刻まれていますから、すぐに分かります」

松下家の墓碑は、やはりまわりの墓群とは違い、明らかに人の手が遠のいているらしく、中央部に近い位置で苔むしていた。

私にはある不安があった。

かかわりを避けるおろかな行ないが、あるいは、墓にまではずかしめの痕跡を残してはいないだろうか？　この気の滅入りを引きずりながら、石段を踏んで来た。

―あー、お上人は、わざわざ花まで……

それは全くの思い過ごしだった。花活けのキンセン花が、鮮やかに映えていた。花弁の橙色から、人の世につながるぬくもりの色が見えた。

　　自諦院叡農日妙居士
　　我観院和枝日報大姉

右側面には長男、長女、二男、三女。左側面には三男、四男、四女それぞれの戒名と寂昭和二六年一月二九日。墓碑の裏側には、たった一人生き残った二女の名前が、墓碑建立者として彫り込まれていた。昭和二六年秋彼岸建之。

瞑目《めいもく》し合掌した。そして、両手で墓碑を抱え込むようになでると、足場の不安定な墓碑が揺れた。

体の芯に得体の知れないうずきがこみ上げてくる。マイクロフィルムからコピーされた、新聞の不鮮明なままの家族九人のひとりひとり……。

――やっと、墓前に……――

風にあおられた線香の紫煙が、墓碑を巻き込むように下っている。

松下家の墓前から中蔵山集落を見下ろすと、わたしには無念が閉じこめられた風景に映った。

無言の闇

わたしは伝えられている事実をなぞっていた。

所轄のN保健所へ患者発生の第一報がもたらされたのは、昭和二六年一月二七日の昼過ぎである。

「もしもし、U村役場です。わたし、衛生主任をしております加藤と申しますが、大変なことが起こりました。当村で伝染病が発生しましたので、とり急ぎ報告いたします」

「U村に伝染病が発生した？　病名は何ですか？」

「レプラです」

「ハー？　よく聞き取れませんなー。もっと、はっきりおっしゃってください」

「レ・プ・ラです」

電話口からの声は、何かをはばかったように小声でくり返されていた。その上、事務長にはラテン語のレプラという病名は、はじめて耳にする病名であった。

「日本語で病名をおっしゃってくれませんか。そして、もっと大きな声で」

「えー、それは……。まわりに人がおりますし……、秘密を要することですから。あのー、保健所長はいらっしゃいますか？」

「今、会議中ですが」

「緊急を要する件です。この電話を保健所長に回してもらえませんか？」

「それでは、保健所長に電話をまわしますから、しばらくお待ちください」

「はい、所長の後藤です。電話を代わりました。どうしました？」

「わたくしU村衛生主任の加藤と申しますが、当村でレプラ患者が発生しました。急ぎ消毒方[*1]をお願いします」

「レプラですか。分かりました」

「あのー、今日、何時頃消毒に来ていただけますか？」

「今日ですか？　今日は行けませんよ。これから所内の会議が重なっておりますし、人手がとれません。消毒については来週の月曜日にでも処置します」

「えっ、そんな悠長な。レプラですよ」
電話口からは、明らかに不満げな声が聞こえていた。
「あなたねー、レプラの感染力は弱いし、そんなに大あわてする伝染病ではないですよ。あなたの村のR村長は医者でしょう？　それまで、村長とよく相談して対応してください」
「そう言われても、役場に消毒薬の備蓄はありませんし……」
「消毒は保健所でしますから、村で心配しなくてもいいです。月曜日に行きますよ。それから、くれぐれも患者の秘密保持に注意してくださいよ」

松下家は田畑約一町一反歩（約一万一平方メートル）を保有する中規模専業農家である。農業は戸主と妻、長女の三人によって営まれていた。

家族構成は戸主（五三）、妻（四五）、長男（二三）、長女（二一）、二女（一九）、三女（一七）、二男（一三）、三男（一一）、四男（七）、四女（五）の一〇人家族である。

戸主は農地委員、農業調整委員、家畜組合長、社会党支部長の要職にあり、地域の名士としての人望は高く、—家族は何でもご一緒で、それに皆さんは温和な方たちでした—と、近隣の一家への評価は一致している。

松下家はここ一〇年来、父親の神経痛をはじめ、家族の虚弱体質に悩まされつづけていた。—家族が病気がちで……—と、こぼす父親の愚痴は、まわりの人たちも耳にしていた。

長男（二三）は長野県蚕糸学校（現信州大学繊維学部）を卒業後、農業協同組合に養蚕《ようさん》技

術員として勤めており、二女（一九）は高校を卒業し、東京に職を得ていた。

その長男が自らの身体変調に気がついたのは、惨劇発生の前年、昭和二五年に入ってからである。背中と下腿《たい》部、それにひざに得体の知れない暗赤色の斑紋が現われ、一部は白く脱色し始めていた。その斑紋部は痛みも触覚も感じられず、その上、ひじの内側の神経は腫れ、少し圧迫するだけでも飛び上がるような痛みが走るようになっていた。

その長男がその二五年の秋、ある女性と心中未遂事件を引き起こしている。その上、同月、クズ繭代金一五万七千円余を横領し、村を逃げ出したのである。この代金横領については、農業協同組合長から横領罪で告訴されていた。業務上の横領については、逃亡先からこの非を詫びる手紙とともに、一三万円が父宛てに送り返されている。残金は父親が埋め、組合に弁済されたことで、この事件は書類送検のみの執行猶予処分とされた。本来なら執行猶予処分の微罪であることから、この事件が公表されることはあり得ないはずであるが、何故か、一家心中事件の報道や、事件の記録には、このことが記録され報道されている。

「横領事件」と「心中未遂事件」の因果関係は明らかではないが、身体の変調と時期を同じにしているところからすると、自殺を志向することと横領事件には、何らかの結びつきがあったと考えることが自然である。

小さな村のこのふたつの事件は、一気に松下家の信用を失墜させてしまったことは容易に想像できる。

残されている小宮山医師の証言は、一家心中事件を解明する重要な手がかりとなる。

「長男が横領失踪《しっそう》した時、─兄さんがいなくなったら、一家みんなで死んだほうがいい─と、長女はかなり取り乱していたので、わたしがいさめましたよ。それに、長男はふたつの事件後、口癖のように─死にたい、死にたい─と、わたしに告げていたものですから、その理由を問いただしたところ、いつも笑って逃げられ、ついにその真意を話してくれませんでした」

一九五一（昭和二六）年、一月二七日、その長男が県立病院皮膚科のハンセン病専門医原田医師の診察を受けていた。

当初の予定では三〇日、小宮山医師同行で県立病院診察予約が取り付けられていたが、当人から急遽《きゅうきょ》、三〇日の予約を二七日に早めてもらいたいとする受診変更が申し出され、その結果、紹介状を持参して、当人だけの受診となった。

県立病院の診断結果はハンセン病であった。原田医師は秘密が漏れるのを防ぐため、診断記録についてはラテン語を使用し、病名についてはわざわざ─LEPRA─と、記入した。

「先生、わたしの病気は何でしょうか？」

「いや、何の心配もいりません。普通の皮膚病です。病名と治療方法については、この添書きに書いてありますから、これを主治医の小宮山医師に渡してください」

県立病院の原田医師から小宮山医師への電話連絡があったのは、それから間もなくであった。

「残念ながら、紹介された患者の診断結果はライです。本人に添書きを持たせましたから」

その添書きは主治医に手渡されることなく、行方不明のままである。

それならば、長男はどこで、いつ自分の病名を知ることができたのか、ここで疑問が生まれる。これは推察であるが、①受診者が自らの体調変化に敏感であり、病名への関心は高い②大学卒業程度の学力からすれば、ラテン語で記入された—LEPRA—が、どのような病名を指すのかは、当然認知できていたと思われる。

当日、その長男は自宅に戻っていない。当人が自宅に帰り着いたのは、翌日二八日の午後七時を過ぎてからだとされている。

二七日の夜、長男は行きつけの居酒屋で目撃されており、主人はつぎのような証言をしている。

「あまりに度を過ごした飲み方をするものですから、たしなめたんですよ。そしたら—もう長生きする体ではない—と、つぶやいておりました」

居酒屋での目撃証言から二八日夜七時までの長男の足取りは不明である。

では、一家心中を決意する松下家は、いつ、誰から長男のハンセン病発病を伝えられたのだろうか？

その有力な手かがりは、事件発生後、現地を調査してまとめられた、全国癩療養所職員組合協議会井上努議長の「実態調査報告書」に得られる。
◆U村衛生主任の加藤氏は、保健所からの指示を受け、二七日午後四時三〇分頃、関係者とともに主治医の小宮山医師宅へ相談におもむき、つぎのことが取り決められた。

—今から（著者注・二七日）消毒をしては、家族も寝るのに困ることだろうから、本日は中止し、保健所が来るという月曜日（著者注・二九日）に行なう—
◆「たま〳〵そこに患者の父が小宮山医師に所用で訪れたが、その時はすでに、消毒の相談も終り皆な帰る處だった」
松下家の近くに居て、長男の発病を知り、発病を家族に告知できる者は、U村の加藤主任を中心とする関係者と主治医の小宮山医師に絞られてくる。

消毒日決定後、松下家の戸主が小宮山医師宅を訪れていたこと、松下家と主治医としての小宮山医師の関係や、旧癩予防法に基づいて行なわれる二九日の患者宅の消毒が、患者家に伝えられないまま執行されることは、まずあり得ないからである。したがって、松下家長男のハンセン病発症告知は、小宮山医師から二七日午後四時三〇分以降になされたと見るのが、最も自然である。


一家心中事件を報道した地方紙の第一報では、ニュースソースを警察署とする記事が掲載されている。

—同日（著者注・二七日）夕刻になって村役場から「ライ病発生のため、家内を消毒する」といって来、驚がくした同家では一日延ばしてくれるように申しこんだ—

新聞報道はある図式の下に伝えられた。

―哀願する家族と非人間的な村当局の姿である。この理不尽な村役場の対応が、結果として松下家を一家心中に追いつめた―

この地方紙の報道記事には、いくつかの矛盾点がある。

◆U村には消毒薬の備蓄がなく、所管する保健所から、消毒薬が配布されるのは二九日である。

◆主治医を交えた村の関係者の結論は、消毒決行は二九日に、所管する保健所と合同で行う。

従って、記事の二七日夕刻に、消毒することを村から松下家に伝えられることは、まず、あり得ないし、同家からの消毒を一日延ばしてくれ、との申し入れも存在しなかったことになる。

しかし、この第一報は、事件に対する社会の反応に大きな影響を与え、その後の識者のコメントと患者団体の抗議も、―理不尽な村当局―に向けられるようになる。

「予防衛生に直接當る當事者が心なく徒らに患家を刺激し近隣の注目を集めた結果が招来したもの」（全国国立癩療養所患者協議会声明）

全国癩療養所職員組合協議会（井上努議長）の調査団も、この「秘密漏洩《ろうえい》」を特に重視して調査しているが、「実態調査報告書」によれば、患者近隣住民の中で、事件前に当該患者の発病を知り得ていた者はいない。

ハンセン病を発病したといわれる長男は、夜がふけてもまだ家にもどらないままである。松下家ではパニックに陥っていたと想像される。

ハンセン病患者が発生した家族が、その後、背負う烙印の重さ、そして、逃れる道。居間では死の選択への合議が行なわれていた。そして、その準備がすすめられる。

五つの棺桶

一月二八日、その日は日曜日である。

松下家の庭では長女（二一）が、二男（一三）、三男（一一）、四男（七）の散髪を行ない、風呂を立て、妹弟たちを身ぎれいにさせている。そして、長女はまんじゅうを買い込み、近所の子どもたちに配っていた。

山里の朝は早い。珍しいことには二九日（月曜日）、朝八時になっても、松下家の雨戸は締められたままである。不審を抱いた隣家の主婦が同家に入った。

そこで目にしたものは、八畳間に晴れ着姿で枕を並べて横たわる、一家九人の変わり果てた姿であった。

検死の結果、死因は甘酒に青酸カリを混入して服毒、死亡推定時刻は二九日午前〇時とされた。

枕元には五通の遺書があった。

【連名の遺書】

一、死の言葉、生活の光明を失う人生の優生学上から見た人類の悲衰《ママ》〔哀〕を永遠に絶つべく一家を全滅して今後のうれいを絶つ

一、耕地は本村農地委員会にて適当に所《ママ》〔処〕分して代金は社会保障経費に充当すること

一、家財、家具、家屋は左記人々に依って処分し死体は重ねて埋め葬儀は簡単にして残余の金があれば社会保障施設費に当てること

一、馬はEのO氏に借金がありますから渡すこと

一、T村に山林がありますがこれはA氏に渡すこと

一、現金は極めて少しですが農協から払下げ葬儀費にして下さい

一、〇〇〇〇番地にある土蔵はK君に贈与すること

O、S、K様

この連名遺書の最後に、父親の名前の他、七名の署名があり、最後に行を変えて長男の署名が追加されている。このことから、長男が帰宅したとされる二八日午後七時以前に、すでに家族の間では一家心中についての合意がなされ、遺書の準備は整っていたと思われる。

連名遺書第一行目に記されている「人生の優生学上から見た」が意味するのは、長男のハンセン病発病が、一家心中の要因であったと理解される。

この遺書三項目め、「死体は重ねて埋め」は、執行されることはなかった。ハンセン病と診断された長男だけは、急ぎ二九日夜、八人の家族に先んじて荼毘《だび》に付されたからである。家族の八人の葬儀は三〇日に行なわれ、父親と四男、母親と四女、長女と三男、三女と二男と、ふたりずつ納棺された。

【父親から社会にあてた遺書】

私の一家はこうして死んで行く、されば社会が過去のなした悲哀に泣く、遺族にさしのべる手が余りにも冷やかであった、然しこれも伝染する病であってみればやむを得ない、取りわけ遺伝説の高い現在では一層そうであるのは仕方がない、然し国家は社会はその悲しみを如何に見ているでしょうか、国家は、社会はさうした悲しみに泣く家庭を守る道は無いのでしょうか、ただ病に泣く本人らであるから国家はもう一歩進んでこれ等悲しみに泣く人々を救うの《(ママ)》道を考えるべきではないでしょうか、医療施設は、社会の人の教育は、道義は考えれば幾多救うべき道は出来てくる

【長男（二三）から婚約者宛】

私達一家は暗い過去の血に世をはかなんで死んで行きます、貴女はどうか強く生きて下さ

い　一家皆んなで貴女の幸福を地下で祈っています

【長女（二一）からSさん宛】

妹のKを御願い致します　私達は一家楽しく天国へ旅立ちます、K一人残して行くのが私達一家の一番悲しい事ですが遠くはなれているので致しかたありません、Kはきっとたよる所がありません、お姉さま、妹のKを御願い致します

【三女（一七）から友人のRさん宛】

いろいろお世話になりました、貴女とは毎日毎日あの遠い道を通ったわね、何のために私はあの遠い道を通って来たのでしょうか、自分を立派に、社会を立派にと誓って来た私でした、でも……今日は暗い思いを知り、行く先は真暗、何を望みに生きてよいやら思案の末に私達は楽しい旅に出かけることに致しました、貴女は何時も胸に希望を持って強く楽しく生きて下さい

この一家九人心中事件は、二九日の午後五時と七時のNHKラジオニュースで報道される。そして、全国紙が報道することになる。

特に、地元紙の報道は三面トップ記事で、五段抜きのタイトルが踊り、紙面の半分近くを割いている。おまけに全員顔写真入りであり、遺された二女の写真さえ報道している。同紙

は連日、続報記事を掲載することになる。

この報道姿勢から人権への配慮は見られない。病人やその家族の悲しみは全く無視されたのである。

昭和六年に公布された、旧癩予防法第一一条[*2]の規定に明らかに違反する行為でありながら、関係者が処罰されることはなかった。

【綱脇龍妙氏深敬病院長談】

改まらぬ〃社會〃認識　正しい知識啓発へ　この悲劇を活かせ

ライに対する社会人の知識があまりにも低く嘆かわしい次第だが、今日ではライそのものへの治療成績は非常に上っており、殆ど全快に近い好成績も実際に示している、社会の人はまず〃ライは決して不治ではない〃という認識をもって欲しい、（中略）

ライ治療には三年前プロニン（筆者注・プロミンの誤記）という新薬がもたらされて一層効果が上り、プロニゾール（筆者注・プロミゾールの誤記）やパスモン《（ママ）》の併用等と相まって、もはや〃不治〃と思う時代は完全に過去のものとなった、（中略）ライを特殊扱いにするのはライ絶滅への大きい妨害である、蒙昧《もうまい》な知識はこの悲劇を機に永久に葬って貰いたい

【大内三郎氏（Y大学教授）談】

欲しかった大きな愛情　新しい時代に寂しすぎる〝一家責任〟

（略）保健所も役場も秘密を守ってそれとなく消毒に行ったとするなら、また村人たちが大きな愛情をもって患者の家族に接していたら或は防げたかも知れない、その何かが欠けていたに違いない、しかし現実にはライ病と聞いたゞけで眉をひそめるものが多い、眉一つ動かさずこうした人々を包む愛情がぜひ欲しい

【植村環女史（国家公安委員）談】

無理解が生む悲劇

これはやはり日本のライ病にたいする人道的な考え方にかけるところがある結果ではないでしようか、なくなつた方たちはせめられるべきではないがライ病は遺伝ではないのだからもつと適当な方法があつたと思う、同時にこうした悲劇が生れたことは患者を温かく受入れ、適当の社会奉仕のできる施設の足りなかつたためともいえる、私達としてはこの犠牲を無駄にせず啓発や施設改善につとめるのがあの方達にたいする何よりのはなむけだと思う

【水原滋氏（国立Y病院長）談】

不治ではない

ライ病は遺伝でなく伝染病だから一人の患者のために一家そろって死ぬ必要はなかった、もちろん患者自身も死ぬ必要はない、（略）

病気にたいする知識は非常にせまい、患者が出るとその家族は村にいられなくなって逃出す、遺伝ではないのにライ病が出たばかりに血統が悪いという烙印を押されそれが子孫に続いて結婚がさまたげられる、昔は家族に迷惑をかけるのをおそれ何処ともなく家出し信仰を求めたりする患者があった、こんどのように一家そろって心中するという例は珍しい、秘密がもれたということも社会的制裁をおそれて一家全滅をはかったという動機からすれば残念なことである

地元紙は数日後、ひとり残された遺児の手記を掲載している。それも顔写真入りである。この手記がどのような経過でしたためられ、公表されたかは、窺い知れないが、同新聞社の第一報からの報道姿勢を見れば、およそ、想像がつく。正義の仮面の下は、報道倫理さえ投げ捨てたジャーナリズムの冷え冷えとした心根が見えてくる。

【一家心中に取り残された次女（一九）の手記】

私の家の悲惨事について見知らぬ方々から数々の御同情をよせられ深く感謝致しています親せきや近隣の人々のお世話で葬儀から初七日まですますことができました、いまはまとま

つた考えも出て来ませずただ皆さまのお力添えでその日を送つておりますが、日が立《ママ》つにつれ私にもはつきりとした途がみえるようになることと思つています、いまはただ強く生きよとの姉の遺書を唯一の頼りとし皆さまのお励ましにより強く生きていきます　厚くお礼申上げます

【焦点（地元新聞の論説）】

U村の一家九人心中の悲劇はライ病を古くから社会に伝える遺伝説から「けがれた血」の異端視に対する抗議ともとれる、松下さんの遺書ではかゝる病人の遺族にさしのべる手があまりに冷やかであること、取りわけ遺伝説の高い現在では仕方がないが、国家や社会はそうした悲しみに泣く家庭を守る道はないでしょうかとうらんでいる。そして遺書では伝染性のものであることを承知し遺伝でないことを確認した科学的に病気を理解したあとがくみとれるが、長男が病気したばかりに社会の眼が一族全部を「けがれた」とべつ視することは必然として遂に一家諸共の死を選んだものと想像される。ライ病に対する社会全般の蒙《ママ》を開〔啓〕くことが今までなされていなかつたことがこの悲劇で強く感ぜられることだ。ライが遺伝であるという観念は実に根強く広がつている。伝染性であるという科学的説明を若い知識者達が特には結婚談などて《ママ》持出しても「遺伝的けがれた血統」の概念は仲々頑固に農村の老人階級から抜き去ることは出来難いことを筆者は幾度か聞いている。

戦后農村の好景気の時、農村のいろ〳〵な文化的水準はかなり上つた。だがこうした古き

膜を解きほぐしてやる文化的運動は誰も考えていなかったようだ。時代の先端を行くような文化の一片を啓くものはいるが、とり残されている古き膜をほぐし取除く運動はこの機会からでも遅くはない筈である。

【マスコミ各社への声明】

癩を病む者、癩の家族は何故自殺を計らなければならないか？

私達全國八千余名の療養所入所患者は、去る一月三〇日各新聞紙上に報導された〇〇県K郡U村松下一家九人の癩家族自殺事件の記事を見て誰もが一様に強く感じた事は、他人の事として受取れない悲しい不安と焦燥でありました。

私達は遠く離れた家郷に両親、兄弟そして我が子を残して極秘密裡に社会と隔絶された療養所で療養生活を営んでおります。

松下一家の自殺は社会への尊い死の抗議であります。私達の家族と同様に死の宣告を受け今尚、不安と恐怖の内にその日を送っているのが眞相であります。松下氏の遺書にも記されている様に「癩になつた事は已むを得ない。現在病気を根絶する施設も方法もない。国家社会はこの施設を作ってライ患者を絶望から救うべきだ。」これが我々の眞の叫びであります。唯一人の患者の発生により今回の様な夛數無辜の生命を犠牲にすることは考えられず、予防衛生に直接當る當事者が心なく徒らに患家を刺戟し近隣の注目を集めた結果が招来したもので一家の名誉を傷けた事は事実であると思います。

勿論全国には四〇年の歴史を持つ国立癩療養所の施設があり、国民の皆様の理解によって幾萬人かの病者が救われており現在我々は新しい治癩薬プロミンにより希望を失う事なく科学の力に信頼し一刻も早く癩病根治の明るい光を求めて療養に努めております。

社会の皆様、我々は病気に対する予防衛生の立場に於ては皆様同様に充分理解出来る事でありたゞ徒らに古い因習にとらわれて、その家族を白眼視する事なく御理解戴くならば必ずこの様な悲劇を生む事なく文明国家に応わしい救癩の目的を達し得ることを確信しております。

記者クラブの皆様、今回の事件は私達が今日まで経験した悲しい幾多の悲劇の一例に過ぎないのであります。既に厚生省當局を通じて各関係者に再三善處方を依頼して来たのでありますが隔絶された療養生活なるが故に力及ばず尚一層不安な状態にありますので是非本問題を取上げて御援助の程をお願い申上げます。

昭和二十六年一月三十一日

全国々立癩療養所患者協議會
議長　渡邊清二郎

黒い案山子

四七年の空白は長かった。その上、村人の記憶は、事柄の重さで封印さえされていた。やはり、新しい発見はないであろうとの、わたしの予測は正しかった。

タクシー呼び出しの連絡を済まして、Y町老人クラブ寄贈と大書された長椅子に腰を降ろすと、けだるさが体の芯からひろがった。

コンビニエンス・ストア脇の駐車場では、手にスナック菓子を持つ中学生たちがふざけ合いながら座りこんでいた。

（この子たちに、一体、何が伝えられるのだろうか？　……）

「東京へ戻るのですが、最寄りの駅は、何処になりますか？」
「U駅になります。お客さん、電車は出たばかりで、これからだと後、一時間近く待つことになりますが、よろしいですか？」
「いいですよ、急いではいませんから」
「冬だと、この辺りを走るのは大変でしょうね？」

「いやー、ここはまだいいですよ。山奥からの配車依頼が来ると緊張します。渓谷は切れ込んで、おまけに道は凍結していますから、特に、夜だとねー。でも、お年寄りにとっては、唯一の足ですから、断るわけにはいきませんから」

「運転手さんは、この在の方ですか？」

「いや、隣のH町です」

「タクシーは、もう、長く？」

「六年になります。定年を三年残してのお決まりの早期退職ですよ。余生を生まれ故郷で過ごす。Uターンというと聞こえはいいですが、それを潮時に東京に見切りをつけたんですよ」

「東京でのお仕事は、何をなさっていたんですか？」

「証券屋です」

吐き棄てるような言葉を耳にしながら、わたしは、もう訪れることもないであろう、Y町の風景を眺め入っていた。

「運転手さん、昭和二六年には、H町にお住まいでしたか？」

「二六年ですか、……。高校一年の時ですね。ええ、居りましたよ。わたし大学から東京生活ですから」

「それなら、耳にしているかも知れないなー。お聞きしますが、この町で起こった一家九人心中事件のことを聞いたことがありますか？」

「あのー、それ、病気を苦にした心中事件のことですか?」

「そうです」

「覚えていますよ。こんな片田舎ですから、しばらくその話題で持ち切りでしたよ」

「何の病気だったと、聞かされていましたか?」

「ライ病でしょう? あー、今は、呼び名を変えているそうですね」

「そうです。ハンセン病と言います」

「その頃、多感な年でしょう? わたしの記憶にも強く焼き付けられています。人間は、いつまでも馬鹿な思い違いを引きずったままですねー。わたしの近くには、今でもその病気のことで問題にされている集落があります」

「えっ! 運転手さん。それ、どういうことですか?」

「この近くの人たちだけでなく、おおげさな言い方をすれば、年をとった県民なら、この地名を言うだけで、今でも眉をしかめますね」

「そんな場所があるんですか?」

「えー、ここからすぐ近いですよ」

「運転手さん、そこまでどれぐらい時間がかかりますか?」

「一〇分もかかりません」

「そこに回り道してくれませんか!」

車は曲がりくねった山間の道を下っていた。針葉樹林を抜けると、目の前に視界が開けた。

タクシーはカーブミラーの脇で、ゆっくりと止められた。

「お客さん、あそこですよ。あれ」

フロントガラス越しに小さな集落が見える。

「村の中に乗り入れますか？」

「ここでいいです。運転手さん、外に出ますから、ここで、車を止めてくれませんか？」

車を降りると、若葉の香りが漂っていた。藪《やぶ》の真下には粗石がころがる川が流れている。川向の田にはすでに水が引き込まれていた。森を背負うように三〇軒ほどの家並みの瓦屋根が春の陽に輝いていた。

わたしは肩を寄せ合っているようにも見える集落を見下ろした。

Y町のこんな近くに、蔑《さげす》まれつづけた集落があったとは……。

風が崖下からそよいできた。わたしは陽光のゆらぎを見つめていた。いつの間にか運転手も車を降りてきていた。カーブミラーに手をつきながら、この眼下に広がる集落にかかわる話をつづけた。

「ここは、集落の名前も変えられたのですよ」

「集落名が消えたのですか？」

「表向きは、新町村合併による地名変更になっていますが、このいまわしい地名を捨て去りたかったのでしょうね」

「今、なんという名前ですか？」

「こぶし沢です。こぶしの花のこぶしです。花の名前を新集落名にしたのも、逆に、物悲しいですね。ですが、年寄りたちは、昔の地名でしかこの地名を呼びません！」

「こぶしざわですか？」

「こういう仕事で、いろいろなお客を運びますでしょう？　年寄りは特にそうですが、この近くを通るたびに、この村の話を聞かされます。客商売ですから、その人たちの間違いをただすこともできませんし、困ったものです」

わたしは運転手の言葉から、あるトガリを感じていた。

「運転手さんと、あの村とは、特別な思いでもあるのですか？」

「えー、わたしの高校の三年の担任は、この集落の方で、渡辺先生と言いましたが、物静かで、生徒に人気のある先生でした……。渡辺先生のことが、わたしの胸に突き刺さったままです」

「何かあったのですか？」

「一五、六歳の子どもたち、餓鬼どもがですよ……。もちろん、その中にわたしも入っていますが」

運転手は足下から小石を拾い、大きな動作で崖下の川に投げ込んだ。

「オチンチンの毛が生え始めたボウズどもがですよ……。何と言っていたと思います？

―渡辺先生はいい先生だが、あのK集落出身ではなー―。大人たちの日頃の言い草を、そっくり、口移しです。何の疑問も持たずに、社会意識は世代に引き継がれていくものです」

「……」

「寄合いでは、よくここらあたりの昔話を聞かされます。酒の席の話ですが、親父たちが若い頃、このK集落では年頃の娘を持つ母親たちが、夜ばいを心待ちしていたそうですよ」

「そんな」

「いや、真顔でしたよ。娘をはらましてくれると、嫁に迎えざるを得なくなる。ばかばかしい話に聞こえますが、つらい話です……」

「その渡辺先生は、その後、どうなりましたか？」

「生涯独身で、老後は郷土史の研究をなさっていました。以前、風呂敷包みを小脇にかかえて歩いておられる先生の後ろ姿をお見かけしたことがありましたが、わたしとうとうお声をかけることもできませんでした。あまりにお寂しそうで……」

「お客さん、あの左側に見える橋ですね、わたしが小さかった頃は、あれは丸木橋でした。大人たちから、―あの丸木橋を渡ってはならない。あの集落へは決して、足を踏み入れてはならない―と、教えこまれていました」

「この地域では、ハンセン病を何と言いますか？」

「なーりんぼーといいます。いやな響きですねー」

「今でも、このあたりの人たちは、このこぶし沢との付き合いは避けているんですか？」

「時代の流れで少しは変わりました。日常普段のつき合いは、そんなことは、おくびに出さずに、行き来するようになりましたよ。でも、婿取り嫁取りになると、途端に正体を現わします。ダメですねー。特に年寄りたちの中には染みこんでいます。—Kは統《とう》が悪い—と言って……」

「トウ？　トウって、何ですか？」

「血統の、統ですよ」

一家心中した松下家のこんな近くに、《血統のけがれ》に縛られ、排除されつづけた人たちがいた。

「アッ、これだったのだ！」

一家心中へ突き進んだ「謎」が、わたしには一瞬にして解けた。

—家族の発病は、即、あの丸木橋を渡り、橋の向う側に所属することになる。ハンセン病の烙印《らくいん》を捺《お》され、貶《おとし》められるであろう家族の未来が、こんな身近に、そして、日常生活の中で見せつけられていた。松下家の未来の生き証人たちが、このK集落にいたのである—

ひとは他に優ることを誇りとする。もし、「血累のけがれ」という汚名によって、未来永《えい》劫《ごう》、社会排除から逃げられないと思い込んだ時、ひとは、そして、その一家は、一体、どのような道を選ぶのだろうか？

——一家を全滅させ今後の憂いを絶つのだろうか？　それとも、別の？　——

半世紀も経過した今もなお、語ることがはばかられている、小さな村の傷痕。

「病」は本来、個を対象とする苦痛や悲しみである。しかし、「病」が「係累」にまで及び、社会排除の刻印を背負わされた「病」がある。今なお、「血筋」や「家」の倫理感に結びつけられ、その生贄《いけにえ》にさらされつづけている典型例が「ハンセン病」である。「病」は時として、死への怖れから自らの命を絶つことがある。しかし、ハンセン病は違う様相を見せていた。社会に沈殿した「けがれの血」の拒否は、自らの生命を抹消することで、「家族」や「系族」を守るという、極めて特異な選択を迫ったのである。そのため多くのハンセン病者たちが命を断った。

日本の「ハンセン病」とは、一体、何ものであったのか。

集落の名前も消され、山里で無機質に軒を連ねる家々の下では、どんな想いの人たちの暮らしが営まれていたのだろうか？

風に揺れる竹林が田面に映っていた。

畦脇《あぜわき》には使い古しの農機具に交じって、稲架にでも利用されたのか、木材と竹竿が雑然と積み上げられ、その中に異形《いぎょう》なものが乗っていた。私は目を凝《こ》らした。

（あっ、黒い案山子《かかし》！）

私には、まるで野晒《のざら》しの骸《むくろ》にも見えた。

「お客さん、上り電車の時間は間もなくですから、そろそろ」

＊1　旧癩予防法（昭和六年公布・法律第五八号）
第二条　癩患者アル家又ハ癩病毒ニ汚染シタル家ニ於テハ医師又当該吏員ノ指示ニ

従ヒ消毒其ノ他予防方法ヲ行フヘシ

第二条ノ二　行政官庁ハ癩予防上必要ト認ムルトキハ左ノ事項ヲ行フコトヲ得

一　癩患者ニ対シ業務上病毒伝播ノ虞アル職業ニ従事スルヲ禁止スルコト

二　古着、古蒲団、古本、紙屑、襤褸、飲食物其ノ他他ノ物件ニシテ病毒ニ汚染シ又ハ其ノ疑アルモノノ売買若ハ授受ヲ制限シ若ハ禁止シ、其ノ物件ノ消毒若ハ廃棄ヲ為サシメ又ハ其ノ物件ノ消毒若ハ廃棄ヲ為スコト

＊2　旧癩予防法（昭和六年公布・法律第五八号）

第一一条　医師若ハ医師タリシ者又ハ癩予防事務ニ関係アル公務員若ハ公務員タリシ者故ナク業務上取扱イタル癩患者又ハ其ノ死者ニ関シ氏名、住所、本籍、血統関係又ハ病名其ノ他癩タルコトヲ推知シ得ベキ事項ヲ漏泄シタルトキハ六月以下ノ懲役又ハ一〇〇円以下ノ罰金ニ処ス。

当時の刑法第一三四条には、医師または医師であった者が、理由なくその業務上知り得た秘密漏洩への刑罰は親告罪が前提となっており、被害者からの告訴がなければ成立しないものであった。しかし、癩予防法の秘密漏洩罪は、わが国最初の非親告罪として規定された。

散らない花弁

旅の終わり

「すみませんが、藤川英子の名前もお願いします。花の藤と、川は三本川、英子の英は、英語の英、それで、子、そうです。ありがとうございます」

藤川英子と名乗る女性から声をかけられたのは、R社の講演後のサイン会の席だった。

「今日は亀岡にお泊まりですか?」

「いや、京都まで戻ります」

「お帰りの電車はお決まりですか?」

サイン済みの本を受け取りながらその女性は、なお、そう聞いた。乗車車両名と時間を問われている気がしたわたしは、手帳に挟み込んでいた京都への乗車券を確かめた。

「きのさき八号　一四時四五分ですが……」

「そうですか、すみません」

亀岡駅から京都への上り電車には、まだじゅうぶんな時間を残していた。ホームは乗客の姿もなくわびしい気配がしていたので、改札口で再び訪れることもないであろう駅前のたたずまいを、ボンヤリと眺めていた。

「あのー……、伊波さん」

「あー、あなたですか？」

「よかった……。間に合いました」

会場でわたしの帰りの電車を、聞かれた藤川英子と名乗る女性だった。

「さきほどは失礼いたしました。遠いところ、あのー、これ、お口に合いますかどうか、奥さんへのお土産にでもお持ちください」

「そんなお気づかいは……」

「どうぞ。京都で奈良の店のお品もなんですが、千寿庵吉宗の梅蘂《ばいずい》です。何だか、自分の好みを無理矢理押しつけているようで申しわけありません。それに旅の荷物をふやすようですが」

「イヤイヤ、それでは、遠慮なく頂戴します」

「東京へは今日お帰りですか？」

「いや、京都に姪が嫁いでいますので、今晩はそこに……」

「京都ですか？」

「では、ありがたく……」

「実は、ゆっくりお話を聞いて頂きたいことがありましたが、でも、初対面の方にあまりに失礼なお願いですから、思いとどまりました。それにわたし、いくじがないものですから、直接ではとてもまともな話もできそうにありません。まことに勝手ではありますが、それでお手紙を書かせていただきました。後でお目を汚していただければありがたいのですが……」


みつめられている視線に反して、その言葉は弱々しいものだった。

差し出された封書は膨らみがあり、受け取りながら、目を通すことになる枚数を推し量っていた。

「誠にぶしつけですが、よろしくお願いいたします」

「それでは、お預かりいたします」

「すみません」

「それでは」

「お気をつけて」


土曜日の夕刻前の京都行きは、指定席車両は乗客もまばらで空席が目立っていた。

座席に腰をおろして、京都駅までは一八分というこのわずかな時間を、ゆっくりと過ごしたいと目を閉じた。—あー、間もなく保津川渓谷だな—往路でのぞきこんだ風景に—紅葉の季節に渓流を下る—情趣の一興を重ねながらゆられていた。しかし、どうも落ち着かないのである。内ポケットにしまった手紙がその原因であることは分かっていた。気になりはじめると、胸の鼓動まで速まり、妙なことには、封書そのものが、まるで、わたしの胸をたたいているような錯覚におちいっていた。

―藤川と名乗る女性、一体、何者だろうか？　そして、何よりもこの手紙には、どのようなことが書きつけられているのだろうか？―

わたしは内ポケットから手渡された封書を出した。その封書は口糊がされておらず、一刻も早く読んで欲しい、との催促がこめられているようにも思えた。

わたしは藤川と名乗る女性の目の動きと、この手紙の膨らみからある予感がしていた。胸の高鳴りをほぐすためにカリンののど飴を一粒口に含んだ。さわやかな香りが鼻腔《びくう》いっぱいにひろがった。

手紙は達筆な筆草書体で書き込まれており、枚数は八枚にもわたっていた。

～前略～

わたしは自分を恥じています。

なぜなら、自分の出生を恨みつづけているからです。

わたしは昭和一四年生まれです。間もなく六十歳を迎えようとしております。この歳にもなれば、そろそろ、自分がこの世に命を授けられた意味を見つけ出し、その前に頭を下げる年代だと言われております。

しかし、どうしたことでしょうか？

わたしには人間が生きている意味、ましてや、生の喜びなど無縁のまま人生の終わりを迎えてしまいそうです。なぜなら、わたしは過ぎ去ったあの日々の、まわりのすべての者から、見捨てられたその恨み辛みの数々を、指折り数えながら生きているからです。

わたしの郷里はA県の山奥にあります。村の産業も山林に関連する仕事が主です。生活する人間には過酷な自然環境も、深く切り込んだ谷川に掛けられた吊り橋も、都会に生活する人たちにとっては貴重な対象となり、今では観光の目玉になってしまいました。

K村は観光地として近年有名になりましたからご存知だと思います。そのK村からも、さらに山深く入ったYという小さな集落にわたしの生家はありました。その集落も谷間にわずか一五戸が寄り添い、全所帯の苗字もすべてが藤川ですから、もちろん親類縁者ばかりです。

わたしはその村で中学を卒業するまで過ごしました。私の家族は父と母とわたしの三人家族でした。父はわたしが一四歳の時、材木切出し中の事故で命を落としました。わが家は父の葬儀の日と母の命日は同じ日です。父の葬儀を見届けるように母が首をくくったからです。

わたしの母はハンセン病患者でした。療養所に収容されたのは、わたしが一二歳の時です。

この事実は集落の住民以外には、すべて封印されました。ご承知のように、かつて、ひとりでもハンセン病患者を出した家や集落は、血筋が悪いとのらく印が押され、婿や嫁取りともなると、さかのぼってまで調べられていましたから、その防御策だったのでしょう。母の発病は「ムラの秘めごと」として集落の外には、一切もらしてはならないことにされたのです。

わたしの母は、こんな片田舎では珍しく、寝る前のわずかの時間でも、ランプの下で俳句同人誌を読んでいるような人でした。

母の身体が丈夫でないこともあったと思いますが、子どもはわたしひとりでした。もちろん、父母の愛情は身一杯にもらって育てられました。

母の発病はわたしたち家族の生活を一変させてしまいました。集落の祭事や寄合いからも、一切、声がかからなくなりました。村には共同の水くみ場がありましたが、そこの使用も禁止されました。父が酒びたりになったのもそれからです。

父の死後、ひとりぼっちになったわたしは、当初は伯父の家で一緒に生活することになっておりましたが、三ヵ月で家に戻りました。生活費は父の労災保険の中から、月々決まった額が手渡されるようになりました。

血の汚れた母の子ですから、村ではやく病神扱いです。こんな村での毎日は、わたしには耐えられないものでした。

中学校の卒業式を終え、その日に村を飛び出しました。子どもなりの知恵でしょうか。伯父の家での毎日の下働きや、ひとりの生活に慣れていましたから、住み込みのお手伝いさんならと、門構えの立派な家を選び、その門をくぐりました。その後、お世話になった組み紐作家の加藤さんとの出会いも、その時でした。

それから組み紐一筋の生活です。一応、この道で口を糊することができるまでになりました。

平成八（一九九六）年、らい予防法が廃止されたことを新聞で知りました。その折の菅厚生大臣のコメントが、またしても、わたしを打ちのめしたのです。

「すでにハンセン病は、普通の病気であったのに、施設内の改善だけで隔離政策の見直しが遅れ、法が存在し続けたことで患者、家族の方が多大な身体的、精神的苦痛を受けたのは、厚生省としても率直におわびしたい」

薬害エイズ問題で大ナタを振るわれたあの大臣ですよ、ハンセン病者やその家族が流した血の涙に報いるコメントがこれでした。法律や政策が間違えたのではなく、見直しが遅れたというのです。父や母の無念を思うと……。わたしは、何日も泣き明かしました。

これは、時間の地獄だと思いました。戻れないのです。もう、あの日には……。口惜しく、うらめしく、やり場のないこの気持ち。こんな日々を送っている最中に、新聞の書評欄で先生の『花に逢はん』を知り、手にしたのです。

頁をめくり、読みすすめてゆくほど、もう食い入るように目が離せませんでした。うなずき、そして涙を落とし、これは、わたしの叫びそのものだと心を重ねながら、読ませていただきました。

しかし、失礼ですが、先生は、なぜ、こんなにも容易に自分の病気を受け入れ、世間からの仕打ちに、こんなにも淡々と折り合いをつけられたのでしょうか？

わたしの胸に黒々ととぐろを巻いている、三八年間の思いのたけのひとつでも、直接言葉にしたく講演会場までお訪ねいたしましたのに、わたしの決意は、またしても臆病風に吹き飛ばされてしまいました。

いつの日か、お話できる勇気を持ちたいと念じております。

つい、長々と愚痴話などを書き連ねてしまいました。ごめんくださいませ。

乱筆乱文をお許し下さいませ。ますますのご活躍を祈念いたしております。

かしこ

平成一〇年四月一八日

藤川英子

伊波敏男様へ

居間の室内テレビが、NHKニュース9のタイトルバックを映している。

久し振りの姪夫婦との夜は、酔いの巡りとともに弾んでいたが、時折、わだかまったままの気の重たさが過ぎる。あの手紙がそうさせていた。

翌日の予定を変更しようと思い始めていた。

「久乃、ちょっと電話を借りるよ」

私は手紙の末尾に記されていた電話番号を、声を上げながら押した。

「もしもし、伊波ですが、手紙読ませていただきました。明日、奈良に出向く予定がありますので、よろしかったらお会いしましょうか」

受話器から弾んだ声が返ってきた。

「それでは、午前一〇時、奈良駅で……」

案内された「甍路《いらかみち》」は、よほど注意を払わなければ、見落としてしまいそうな喫茶店である。壁一面の棚には伊万里の陶器、アールヌーボーのランプや漆器が、ほどよい混み具合で埋められている。それらの一つひとつが、天井から吊るされた店内の灯かりを抱きとめ、それぞれ違う息づきをしているようにも見えた。

一輪ざしの山吹と白磁に小さな菫《すみれ》を散らしたコーヒーカップが、よくなじんでいた。

「折角のご予定を、申しわけありません」

「いやー、藤川さんが手紙の中で書いておられた―どうして、こんなにも淡々と世間様と折り合いをつけられたのか―、このくだりに言い訳がしたくなったものですから」

「すみません。生意気なことを申しあげて」

「いや、これ、お会いする理由を探し出したようなものです」

「奈良はどちらへ？」

「北山の史跡です」

「北山ですか？」

「奈良坂《ならざか》に北山十八間戸《きたやまじゅうはっけんこ》というのがあるんですよ」

「北山十八間戸って、何ですの？」

「私も急しつらえの知識ですから……。えーと、これはですねー……」

私はノートを取り出し、メモを頼りに説明をはじめた。

「北山十八間戸とはですね……、般若寺の東北にあり、東大寺と興福寺の搭頭《たっちゅう》が望める地に、鎌倉時代、僧忍性《にんしょう》が開設したと伝えられています。ハンセン病者医療救済施設の史跡ですよ。当時の病人たちは、各所の町や辻に立ち、道ゆく人たちの寄進を受け、生き延びていたそうですが、仁治元（一二四〇）年、病人たちの救済のために仏間と一八の部屋に仕切られた、北山十八間戸が開設された。それに、奈良南側の西山光明院でも患者の救済活動をしていたと伝えられています。

永禄六（一五六三）年、三好・松永の乱で焼失。現在の建物は寛文年間（一六六一～一六七二）に再建されたもので、明治維新後に閉鎖されたそうです」

「そんな大昔に、病人たちを救うところがあったのですか？」

「北山十八間戸のあるあたりは、京へ通ずる奈良坂越えの要衝地だったそうです。大和市中に出入りする旅人や商人から、喜捨《きしゃ》を得る場としても最適地だったのでしょうね。それになによりも、京はみ仏の教えの発信地だったのですから、救いを求める最も罪深いとされたハンセン病患者は、宗教的功徳《くどく》を積む対象としては、うってつけだったのでしょう」

「……」

「慈悲と喜捨に満ちた地ですよ、大和は」

「そうでしょうか？」

風のない谷

みつめられていた……。

私は得体の知れない圧迫感から逃れたいと思った。

「珍しいですね、緑茶と和菓子とは」

「このお店、朝、昼、晩それぞれ、お飲み物にお付けする和菓子が変わります」

いつもなら、この大きさの和菓子なら一口で味わっているはずなのに、この雰囲気では、その振る舞い方はいかにもはばかられ、漆器に添えられている黒文字《くろもじ》に手をのばした。何とか二等分した一切れを口に運んだ。

「お母さんのことですが、差し支えなかったら、もっと詳しく聞かせてくれませんか？」

「えー、構いません。わたしが生まれたYは、谷間にへばりつくように人里が点在しています。朝も山の頂きから明け、闇は谷から山の端へ駆け登るようなところです」

藤川さんは静かに言葉をつむいだ。

「わたし、それまでは結構、クラスの人気者で、まわりを友だちが取り巻いていたのに、休み時間になると、校庭のいつもの場所か、机に顔を伏せるようになったのは、母が病院に行って間もなくしてからでした。子どもの悪態も結構残酷なものでした……」

――アル中の子。お前も朝から酔うてんのか？――

――汚い、さわんな！――

「わたし、……。四時限目の休み時間は、あれから、雨に降られない日は、いつも銀杏の木の下でひとりでした。そこで毎週水曜日か木曜日に、療養所の母から届く手紙を読んでいました。何度も何度も読み返していました。母の手紙の書き出しは、いつもこのあたりの草花の消息から始まっていて、時には知らない花の名前があり、その時は父にたずねて教えてもらっていました。

母からの手紙のお陰で、今では庭や、そして山の花までの大抵の名前を、そらんじてあげることができるようになりました。

先週の手紙は、―裏山のミツバフウロは、咲きましたか？―で始まっており、母の香りを嗅いでから手紙をしまい込みました。運動靴の先に目をやると、巣に戻る蟻と出て行く蟻が二列の行列を作っている。時々、すれ違いざま顔を向き合わせ、頭を小刻みに上下し合っている。まるで、挨拶かおしゃべりでもしているかのようである。この蟻たちを見つめながら、三時限目の国語の授業を思い返していた。青沼先生に赤ちゃんができ、お休みをしているために校長先生がその代わりをしていた。校長先生の授業は、授業開始の一〇分間は本の朗読が続けられていた。わたしはこの時間は大好きでした。そして、校長先生の本の読み方も……。島崎藤村の『破戒《はかい》』は、今日で一七回目の場面でした。

——その朝は三年生の仙太も早く出て来て体操場の隅に悄然《しょんぼり》としている。他の生徒を羨《うらや》ましそうに眺め佇立《たたず》んでいるのを見ると、相変わらずだれも相手にするものはないらしい。丑松は仙太を背後《うしろ》から抱きしめて、だれが見ようと笑おうとそんなことに頓着《とんちゃく》なく、自然《おのず》と外部《そと》に表われる深い哀憐《あわれみ》の情緒《こころ》を寄せたのである。この不幸な少年もやはり自分と同じ星の下に生まれたことを思い浮かべた。——

校長先生は珍しく涙声で読み終わりました。

「——みんな、いーか。今日、読んだところは、特に大事な場面だ。どうして丑松は仙太を抱きしめたのだろうか？　今日の国語の時間は、読後感想文を書くことだ。原稿用紙はひとり三枚。いいーか、字落としはちゃんと覚えたなー。それでは自分が感じたままを書きなさい。この時間中に書き終わらなかった人は、家に持ち帰ってもいいぞー——。」

わたしは母からの手紙と結びつけながら、仙太の気持ちを書き始めた。生徒の間を回ってのぞいた校長先生は、わたしの横に立ち止まり、のぞきこんでから、静かにわたしの頭にその手を乗せた。書きたいことがあり過ぎて、とうとう書き終えないまま、三時限が終了してしまった。休み時間です。わたしは一目散に銀杏の木の下に駆け込んでいました。そして、昨日配達された母からの手紙を、昨日からだともう何度目でしょうか、読み返していました。

「おーい、オーイ、英子さーん。英子さーん。こっちへ来て」

校長先生が、職員室の窓から身を乗り出すように、大きな手振りでわたしを呼んでいた。手紙をしまい、職員室の窓の下まで走り寄ると、校長先生は泣いていました。

「すぐ家に帰りなさい。先生も、すぐに行くから」

学校から家までは、一生懸命走ると二〇分もかかりません。坂を駆け下りると、珍しく、これまで母のお友達の清子さん以外、訪ねることもなかったわが家の前に、黒山の人だかりがしているのです。

柿の木の下で出迎えていた清子さんから、身体ごとぶつけるようにして、わたしを抱きしめられました。

「英子ちゃーん、輝男さんが……、お父さんが……」と、言ったきり、ワーッと大声で泣きだし、さらに強い力で上半身が包み込まれました。

いつも父は「北枕はイケン！」と、口うるさく言っていたのに、居間には北枕の布団が延べられているではありませんか。

「お父さんにお別れをしなさい」

茂男伯父さんが恐い顔でそう言いながら、顔に掛けられた白布をとった。父は目をつぶっていたが、首筋には血を拭き取った跡が少し残っていた。

「お父ちゃーん！　イヤヤー！　英子はこれからひとりぼっちでどうすんの—……」

わたしはお父ちゃんにしがみついて泣き叫びました。

「輝さん、二〇年近くも山仕事をしとって、自分で倒した木に押しつぶされるやなんて、余程酒が過ぎてたんや」

「シゲ！　仏さんの前で、そんなこと、もうエエ！」

「……」

「せめて、死なはったことだけでも、和さんに知らせてやってください」

「イーヤ。病人に余計な心配ごとを」

「そんな、無慈悲な。和さんに知らせんまま、葬式を出すやなんて！」

「清！　オナゴは黙っておれ！　皆さんが知らせたらアカンと、言うとるが！」

清子さんの旦那さんが、珍しく大きな声をあげて奥さんをしかっていました。でも、その大人たちの騒ぎも、まるで自分の頭が首から離れ、宙に浮いてしまったようなわたしには、床の下から聞こえてくるように思えました。

泣き声を引き連れるように、清子さんが家から飛び出して行くのが見えた。


藤川さんは手を伸ばし、山吹の枝先を手のひらに乗せた。

「手紙には、お父さんの葬儀の日に、お母さんが自殺なさったと書いてありましたが、あれは？」

「ええ……。清子さんはどこに行ったと思います？　それから間もなくして、清子さんは隣村の郵便局窓口に顔を見せたのです」

「ウナ電ですね。宛先は、藤川和さんですね。電文は？」

―テルオサン　ジコニテキュウシ　一四ヒソウギ　キヨコ―

「翌朝、予想もしなかった出来事が起こってしまいました。清子さんが知らせるだけの思いで打たれた電報に、母からの電報が打ち返されてきたのです」

—一三ヒ一四ジ　エキツクムカエタノム　カズ—

「困ってしまいました。思い余った清子さんは、旦那さんの健三さんに相談するしかなかった。知らされた健三さんにも手に余る問題であった」

「余計なこと、しくさって」

早速、その電報の件が葬式出しで大童《おおわらわ》の村の肝いり（世話役）たちに伝えられた。急遽《きゅうきょ》、呼び集められた寄合いは、蜂の巣をつついたような騒ぎになってしまった。健三さん夫妻が呼び出された。

区長は正座しているふたりに申し渡した。

「嫁の不始末は夫婦の責任じゃ。和を一歩たりとも村に入れてはならん。健三！　責任をもって、和を、駅から追い帰せ！」

R駅はYから車で四時間も下った里にあった。週末にはにぎわいを見せるホームも、平日の昼下がりの時間帯ということもあって、数えるほどの乗客しか見えなかった。

——間もなく一四時定刻どおり、二番線に下り電車が入ります。白線まで下がってお待ちください——

母は右手で顔を隠すように、最後に電車を降りて来た。清子さんは、足早に母に駆け寄った。そして、ふたりはホーム中央で抱き合うなり泣きくずれた。

健三さんは、しばらくふたりをそのままにしていたが、妻の袖を引きながら声を掛けた。

「和さん、この度は、ご愁傷様やったなー。元気にしとった？」

「ありがとう。わざわざ知らせてもろーて」

「それがなー、辛いこと言わなーならん。あのなー……」

その次の言葉が、つづかなかった。

「お父ちゃん、わたしから和さんに話す。わたしの責任やから」

清子さんの嗚咽《おえつ》は小刻みな音を引いていた。そして、母の両肩を両手でゆすりながら、Y集落の意思が伝えられた。

「あのなー……、あのなー……、和さん。ここから、お願いやから」

甲高い声がふり絞られていた。

「何も言わんと、そのまんま、ここから戻って。お願い！　ねー、和さん。お願いやから……」

母は力が抜けたようにヘナヘナとその場に座りこんだ。清子さんはその上に身をかぶせて泣きくずれた。ふたりはしばらく身をよじりながら泣き合っていた。

母が身を起こした。そして、奥歯をかみしめるようにして口を開いた。

「健三さん、お願いや。輝男のなきがらに直接、言葉をかけるのが許されへんのやったら、後生やから、せめて、川向こうからでも手を合わさせて！　ナッ、ナー、お願い、清子さんからもお願いしてちょうだい！」

母はホームに正座し直し、健三さんに両手を合わせた。

「それがあかんのや。なー、和さん、聞き分けてくれな、ナッ」

ふたりの幼友達は、再び、抱き合ったまま泣き崩れていた。

パラソルを手にして、しばらくホームに立ち尽くしていた母の姿が、ふたたび駅に戻ることはなかった。

警察のその後の事情聴取に駅員は、こう証言していた。

「上り電車の時間を聞かれましたので、一五時三五分と教えました。では、しばらくそこらあたりをブラブラして来ます。と言われて、改札口を出て行かれました」

夏椿

開け放たれた居間では、里から呼び寄せられた善徳寺の住職が、枕経の観無量寿経を読経している。

「真身観文。仏告阿離及提希。此想成巳。次当更観。無量寿仏。……」

大人たちは焼香のたびに、茂男おじさんの横に座るわたしに、むつかしい顔をしながらぼそぼそと声をかけていく。そのたびにわたしはおじさんの後につづいてペコリと頭をさげた。

「私達は、仏様の教えに何処で出会うかというと、親しい人の死を通して出遭います。子供にとって親は自分を護ってくれる強くて大きな存在です。そして、七日・七日を勤め、四九日、一〇〇、一周忌、三回忌、七回忌を勤めている後ろ姿を見て、『これほど長い間、多くの人が悲しむほど、人の命は大切なものなのか』と。命の尊さを仏事を通じて学んできたという歴史が日本人にはあります。私達にとって親しい人が亡くなる事は非常に悲しい事です。なるべくなら避けたいと思います。しかし、『避ける』のではなく、その悲しみをしっかり受けとめて、大切な仏事を務めなさい、と仏さまは教えてくださいます。真面目に、大切に仏事をつとめていく。その事こそが人間らしい心を育んでいくのです。大切につとめなさい。私達は仏の教えとこころを頂いて、左手と右手を合わせて、仏様に感謝の気持ちをあわせていく。これが手を合わせる心です。合掌」

「アリガタヤ、アリガタヤ」

トメバッサマの声が、法話の終わりを告げていた。

父の写真はいろどり雑多な花に埋もれるように飾られている。額縁の引き延ばし写真は、近年、見せたこともない笑顔の父だった。

祭壇の右側にわたしとおじ夫婦が並び、向かい側に区長、それに主だった肝いりたちが、神妙に顔を揃えていた。

わたしは写真を見つめていた。耳には読経と庭で走り回っている子どもたちの声が、まざりあって聞こえていた。時折、台所でまかないで立ち働く、子どもの母親たちの叱り声が飛ばされる。その騒ぎはしばらく止んだが、すぐに、庭のはしゃぎ声は元に戻っていた。村の子どもたちは、あの村祭り以来、久し振りに心が湧き立っていた。集落中のみんなが顔を揃えていたからである。

昨晩は区長さんの家に泊まり込んだ、住職の出棺前の読経が終わった。

家の前にはS土建工業のライトバンとマイクロバスが並び、その脇に位牌を持つわたしと遺影を抱く登美子おばさんが立ち、後見人の茂男おじさんが、会葬御礼原稿を棒読みしながら会葬者に向かっていた。

「えー……生前、皆様に大変御世話になりました。英子もひとり残されてしまいました。輝男もこのことが心残りだと思います。……英子はわたしが責任を持って育てます。本日はご多忙の中、……輝男の葬儀にご参列くださいまして、ありがとうございました。弟亡き後も、変わらないご厚情を皆様からいただき、英子が立派に成長できますよう、皆様のお力添えをお願いいたします」

位牌を胸に抱いたままライトバンに乗り込むわたしに、みんなから声が掛けられた。

「英子ちゃん、がんばりや」

「困ったことがあったら、いつでも相談においでや」

居間の片隅の座卓には、食べ残しの料理やころんだ徳利が乗せられたままである。明け方まで続いていた精進落しも、大の字になって寝込む男衆のいびきのかき合いに変わっていた。その男衆の寝入りばなが、息を切らして駆け込んだ駐在の徳さんによって破られた。山里の夏の朝もすでに明け切っていた。

「大ごとじゃ！　えらいこっちゃ、和さんが首をくくっとる！　八幡神社の社堂や！」

そのあわてふためいた騒ぎ声が、ふすま越しにゆーらゆーらと、揺れるように耳に届いた。

「お母ちゃんが……」

ふたたびわが家の居間には区長さんをはじめ肝いりのみなさんが顔を揃えた。警察や役場への連絡と、あわただしく人が出入りし、その人たちの誰もが血走った目をしていた。

「わたし、その時、区長さんが舌打ちしながら言い放った、一言を耳にしたのです。何と言っていたと思います？　小声でしたがこのように言ったのです。―これこそ、ほんまの疫病神や―」

本署から数人の警察官がジープを走らせ駆け上ってきた。検死の結果、それほどの時間も要さず、自殺縊《い》死《し》と断定されました。

―死亡推定時刻、七月一四日。午後一〇時―

遺影の父の笑顔が見下ろしていた。わが家の居間では、参列者は肝いりだけという二日続きの通夜が行われていた。ただし、遺影の用意も住職の読経もありませんでした。

ただ、清子さんだけは、狂ったように泣き叫んでいた。そして、時折、寝かされている母に頬ずりしながら、母の名前をくり返していた。

「和さーん！、イヤヤ！　イヤー……。和さーん……ゴメンヤ。わたしが余計なことをしたばっかりに。でも、なんでや！　アホーッ！」

「神聖な神社神居の奥座敷で、けがれたと言われた母が命を絶ったのです」

「……」

「R駅からYまでは、今でも車で四時間もかかる距離です。母はあの山道を人の目を避けながら歩いて登って来たのでしょうね。八幡神社の鎮守の森で一晩身を隠し、この森からひとりで父を見送ったのです。そして、母は……あの鎮守の森陰から、村人のざわめきも村の闇もすべてを……」

乾いた目で天井を見上げた。

「夜叉《やしゃ》！　そう、とても、夜叉の心にでもならないと！」

藤川さんの小紋の肩筋が、小刻みに震えていた。

「話は違いますが、組み紐[*1]は糸を織ると表現するのですか、それとも組むでしょうか？」

「組むです」

「やはり、組むですか？　その紐を組む台、あれは、いろんな種類があるのですか？」

「代表的なものは四種類です。よく目にすると思いますが、丸台、それに角台、高台に綾竹台です。市販されている組み紐のほとんどは、高台で組まれたものです」

「気を悪くしないでくださいよ。組み紐との出会いとは、運命的だなー」

「どうしてですの？」

「だってねー、あなたは人の縁を絶つために村を飛び出したのです。その者がたどり着いた先が組み紐とは、いや、ふと、そう思ったものですから」

「だから、わたし、いつも糸をほつれさせてばかりいるのでしょう？」

はじめてその顔に微笑が浮かんだ。

「いやー、わたしも一六歳で郷里の沖縄を飛び出して来ましたが、藤川さんはその歳でよく思い切りましたね」

「おじの家に引き取られて新しい生活がはじまりました。わたし辛抱が足らないのでしょうね。そこには三ヵ月しか居着けず、わが家に舞い戻りました。ことあるごとに、―その目つきは何だ。親に捨てられた子は、やはり……と、罵られる言葉に耐えられなくなったのです」

「でも、あなた、その時まだ一四歳でしょう。よくひとりで」

「あの心の痛みに比べると、あれぐらいの想いなど……」

「一五歳ですよね、村を飛び出たのは」

「誕生日前でしたから、まだ一五歳になっていませんでした。お手紙にも書かせていただきましたが、いざとなると子どもなりに一生懸命知恵をしぼるものです。ひとりで生活するのには慣れていましたし、下働きや住み込みの女中なら、わたしにもできると思いついたのです。でも、その時代はまだ戦争の傷跡を引きずっていましたし、お手伝いを雇う余裕のあるところはございませんでしょう。笑えない話ですが、山出しの小娘は、物は知りませんし、勤め口のお願いにあがっているのに、最初は表玄関から堂々と入りこんでいました。そのうち、立派な門構えの家には、勝手口という別な入口があるものだと、はじめて知りました。でも、ことごとく断られました。それは当然ですよね。身元も明らかでない小娘が、いきなり勝手口に現われ、お給金はいりません、お手伝いにと、頭を下げているのですから……」

「雇ってくれる家はあったのですか?」

「ええ。お世話になる加藤先生の勝手口に立ったのは、夜も遅くなってからです」

「よく、あなたの願いを聞き入れてくれましたね」

「いーえ。わたしは必死にお頼みいたしました。奥さんからのやさしい言葉に、緊張の糸が思わず切れてしまい、勝手口で泣きじゃくってしまいました」

「どんな声が掛けられたのですか」

「──今晩は、もう遅いから泊って行きなさい──そして、暖かいお風呂もお夜食までも頂戴いたしました。わたしはありがたさともったいなさで、ただ、手を合わせて涙を落とすばかりでした」

「……」

「翌朝、わらにもすがる思いで必死でした。ご夫妻もびっくりなさったと思いますよ。いきなり、風呂敷包みの中から父母の位牌と卒業証書を出されたのですから……。願いが通じたのです。先生からお許しが出ました。—余程の事情がありそうだね、しばらくこの家でゆっくりしなさい—と。それからの毎日は、おふたりをお慕いしながら、感謝とともに過ごす日々でした」

「いい方と巡り会えましたね」

「えー」

「その組み紐は、いつから手がけるようになったのですか？」

「はい。二〇歳の時からです。先生ご夫婦から、—英子さん、わたしたちからの誕生日の贈り物があります。来週から新しいお手伝いが来ることになりました。下働きはもう卒業です。よく辛抱してくれました—。それから先生の前に座ることが許され、組み紐の手ほどきをしていただくようになりました」

「いい話ですねー」

「はい。それに、このお仕事は、ひとりだけでやれますから」

「お住まいはこの近くですか？」

「ええ、ここから二筋先です。本来なら自宅にお招きするべきでしょうが」

「いやいや、こういう店の方が、かえって気楽でいいものです」

「いいえ、違うんです。すみません。……。わたし、泣き言や恨みごとが溢れかえっているあの家に、先生をお招きしたくなかったのです」

「……。ところで、藤川さん、ご家族は？」

「家族ですか？　ウフフ、フ」

口端をゆがめた口から小さな笑い声が漏れた。

「ひとり身です。自分さえ信じられない者が、どうして？　家族を持つことが許されるのでしょうか……」

返された強い言葉に、わたしは会話の接ぎ穂を失ってしまった。このような場面ではいつもそうしたが、煙草に火を点け、深く吸い込んだ。

「実は、どうしてもお見せしたいものがあり、持って参りました」

「私に、ですか？」

「母は首をくくったと、お話しましたが、その母の懐にしまい込まれていたものなんです。これまでどなたにも、お見せしたことはなかったのですが」

藤色の袱紗《ふくさ》がゆっくりとした指の動きで開かれる。その動きに運ばれるようにほのかな香りがただよってきた。袱紗の中には香袋と小さな和紙包みが寄り添っていた。藤川さんはその和紙包みを手に取り、しばらく両手で包み込んでいたが、まるで花弁を開くように静かに解いていく。

「あなたでしたら、母も、きっと、許してくれると思います」

和紙に包まれていたのは、ひとつかみほどの遺束髪と、丁寧に折りたたまれた一枚の紙だった。

八つ折りの紙片がわたしの手のひらに乗せられた。しかし、なぜか、開くのをためらっていた。

「どうぞ」

促しともとれる声に、わたしは深々と頭を下げながら開いた。

少しの乱れも見られない草書体だった。その句は三行で書き分けられていた。

夏椿
またひと季《すえ》と
闇の裂《さき》

「これ、お母さんの、最後の……」

「母は庭の夏椿（別名・沙羅・娑羅の木）が、特に好きでしたから……」

「夏椿ですか……」

「振り仮名もお母さんが付けたのですか」

「ええ。母は、それぞれの文字の読み方を、この読み方以外では……、読んで貰《もら》いたくなかったのだと思います」

藤川さんの切れ長の目が見開かれていた。

「母もわたしを捨てたのです……。この病気と父も……引き連れて……。天も地も、そして、人まで恨むわたしの心根は、卑しいですか？　許されないものなのでしょうか？　どうしたら、どのようにしたら、わたくしは、自分の生を信じられるようになるのでしょうか？」

同じハンセン病の縁《えにし》の結び目が悲鳴を上げていた。わたしは自分の言葉を拾い出せなかった。いくつもの言葉がもつれながら責め合うばかりである。

「わたしにも、あの谷あいの人たちを許せる日が、いつか……いつか、来るのでしょうか？　教えてください！」

藤川さんの手の甲に涙が落ちた。それはまるで、音が消された遠い映像のように見えた。


藤川さんとは二〇〇二（平成一四）年、Tホテルで開催された—組紐・真田紐作家展[*2]—の案内をもらい出かけた折、その出展作品の前に立つわたしに、実に遠慮がちに声をかけられ、短い会話を交わしたことがあった。その後、お互い賀状で消息を取り交わすぐらいで、格別の行き来が重ねられることもなかった。その賀状も、—今年は未年、先生の年ですね、次作はいつ出るのでしょうか—二〇〇三年を最後に音信が途絶えていた。

二〇〇六年、常楽寺の卯の花が、今、ちょうど盛りだと妻から知らされ、写真に納め帰宅すると、百済観音の絵はがきが机に乗せられていた。差出人は藤川英子さんからだったが、あの見覚えのある達筆な筆力ではなかった。

—誠に勝手ながら、ぜひ、近日中にご来訪を乞う—

K中央病院緩和ケアホーム「A」の病院名と電話番号、交通案内のK鉄道T駅下車、バス八分とだけの、誠に簡潔な文面だった。

短い文章がかえってせっぱ詰まった状況を知らせている気がした。

案内もされた緩和ケア病棟は平屋造りになっており、広々とした庭に囲まれるように建てられていた。植栽された花々には、初夏の陽光が降り注いでいた。各部屋はスタッフステーションから全室が見渡せるように円形型のロビーを中央にして配置されている。

スタッフステーションで、来訪者名簿に名前を書き込んでいると、若い医師から声をかけられた。

「わたしは藤川さんの担当医の橋本と申します。伊波さんですか、どうぞ、相談室へ」

案内された部屋は、一般家庭の居間そのものの造りになっていて、ソファーが部屋中央に据えつけられていた。

「どうぞ、お茶がよろしいですか、それともコーヒーですか?」

「それでは、コーヒーを、砂糖とミルクはいりません」

出されたコーヒーに口をつけると、若い医師は正面に腰をおろした。

「早速ですが、これから申し上げますことは、藤川英子さんからの要望に基づき、お話させていただきます。先日、藤川さんからある相談を受けました。もし、伊波敏男さんという方が見えられたら、まず、伊波さんのご意志を確認の上、わたしの今の病状をすべて、お話して欲しいと申し出がありましたが、この件についてお伺いいたします。いかがいたしますか?」

「……。藤川さんがそのように申されたのですか？　何のお役にも立たないと想いますが……。わたしでよければ」

「では、ご説明いたします。緩和ケアホスピスの役割について、失礼ですが、伊波さんはどのようなご認識を」

「末期ガン患者本人の選択により、抗ガン剤治療や延命措置でなく、痛みの除去や心のケアにより精神的安らぎを与えることを柱とする医療。わたしはこの程度の知識しかありませんが……」

「ほとんど完璧なご認識です。安心してお話できます」

　橋本医師はノートを広げながら、図を書き込みながら説明をはじめた。

「藤川さんは、四ヵ月前に乳ガンと診断されました。受診時にはもう手遅れで、その時、すでに四期の状態でした。あの方はあの通り気丈な方ですから、すべて隠すことなく告知いたしました。乳房切除についても、転移の除去効果は一〇％しかないこともお伝えしました。ご本人さんは、九〇％の不可能より一〇％の可能性に賭けると、強く申されるものですから、左乳房は筋肉を残し、脇の下のリンパ節も一緒に切除いたしましたが、その後、やはり、他部位への転移があり、抗ガン剤、ホルモン剤と放射線治療が行なわれました。残念ながらガンの進行を食い止めることはできませんでした」

「今はどのような治療を」

「今は痛みの緩和が主です。痛みの尺度は一～三段階ありますが、藤川さんは一番高い段階の三、耐えられない痛みの中にあります。わたしたちは全力で藤川さんの痛みを取り去る治療に取り組んでおります。痛み除去のためにオピオイドを静脈からゆっくり投与していますす」

「末期とおっしゃっていましたが、あとどれぐらい……」

「希望的な見通しを申し上げても、今月いっぱいです」

わたしはため息をついた。

「それでは、部屋にご案内させますから。今、看護師を呼びます」

「ありがとうございました。先生、よろしくお願いします」

部屋を辞去すると、すでに、にこやかな微笑を浮かべる看護師が、わたしを待ち受けていた。

「ご案内もいたします。長野からですってね、遠いところご苦労さまでした。藤川さんお待ちかねですよ」

部屋入り口はカーテンで仕切られていた。足を踏み入れたとたん、わたしの嗅覚はひとつの香りをかぎとっていた。あの時の、遺髪と俳句の……。袱紗の香袋……。

「藤川さん、伊波さんが来てくれましたよ」

ベッドに横たわる藤川さんの鼻孔には酸素チューブが差し込まれ、左腕には点滴が落とし込まれていた。

「頭を少し起こしますね。……。では、ごゆっくり」

「藤川さんお久しぶりです。大変でしたね」

「ありがとうございます」

その言葉は明瞭だったが、軽く会釈を返した藤川さんの両の目から、数筋の涙が流れ落ちた。

「わがままをお聞きとどけくださり、ありがとうございました。自分でも驚いたのですが、わたし、この世でどうしても、もう一遍お会いしたいお方がいはりました。未練を残したくなかったのです。縁もゆかりもないお方に、こうして無理を承知でお願いいたしました。それにもうひとつ、どうしても、お伝えしてから去りたいこともありましたし……。覚えておられますか？　あの時、あなた様にお聞きしましたネ。……。わたしにも、いつかあの谷あいの人たちを許せる日が来るのでしょうかと。……。今でも、まだ間に合いますか？」

「……」

「わたしって、いつも、たどり着くまで、時間がかかりすぎるのです。伊波さん、今なら、あの人たちも、わたしをおいてきぼりにしてと恨んだ母も、堪忍できそうです」

「そうですか…」

藤川さんの目がわたしを射すくめていた。そして、右手でいきなり自分の胸元を押し広げた。

「わたしのお乳、こないなってしまいました」

はだけた左胸には乳下から脇に向って直線の縫合痕が走っていた。しかし、白い肌の上には形のいい右乳房が盛り上がっている。

「このお乳は、どなたにもさわらせたことはありませんでした。たったひとつだけ残されたお乳です。伊波さん、お願いです。この乳房を、このお乳を、あなた様の手でさわってやってくれませんか」

藤川さんの手がわたしの手首をつかんだ。残されたひとつの乳房に、その手が引き寄せられた。

＊1　弥生時代に、中国や朝鮮から絹の組み紐をつけた鏡とともに技法がもたらされる。飛鳥・奈良時代に飛躍的な発展をとげる。鎌倉時代、糸威《おどし》の鎧《よろい》に利用される武具紐が登場する。その後、刀装や印籠《いんろう》の装飾に活用されるが、江戸時代になると、庶民生活に溶け込むようになる。明治以降は、和装小物の帯締めとして引き継がれる。

＊2　機で織る。一重折り、袋折りがあり、材質は木綿、正絹を使う。主に茶道具の紐、刀の下緒、鎧・兜着用時の紐、帯締め、帯留め用。荷物紐等に使用する。名前の由来は、戦国時代、九度山に幽閉されていた真田正幸とその家族が制作し、その家臣と堺の商人が全国を売り歩いたという。

春を紡ぐ繭

父親の冠

面識のない多磨全生園の加藤松太郎さんからの手紙が届いたのは、一九八八年の春だった。その日は東京では珍しい三月の遅い雪が降り積もった。

拝啓　（中略）

わたしはハンセン病療養所にお世話になりまして、もう五五年にもなります。大正一一年生まれですから七七歳になりました。

今の療養所の生活は、介護員さんのお世話も行き届き、何不自由ない日々を送らせてもらっています。こんな満ち足りた毎日ですが、お迎えの日が近くなればなるほど、何か寂《せき》莫《ばく》とした思いがつのってきます。社会で生活している同世代の老人に比べ、何と贅沢《ぜいたく》なと、お叱りを受けるかも知れませんが、恥ずかしいことにどうしてもこの思いから逃げられません。

『らい予防法』が廃止されてから二年が経ちました。療養所の中は何の変化もなく、平穏な毎日がつづいております。

法律を廃止、現状の医療、生活と福祉水準は維持する—との条件で、法律は廃止されたのですから、療養所内の日常生活は、これまでと変わりなくつづけられておりますが、法律の廃止問題は、今では療友たちの話題にもならなくなりました。

しかし、時間の経過とともに、どうもおかしい、これは違うのではないか、との思いは強くなるばかりです。

本来なら、療養所内で取り残されてしまったわたしたちが、もっと真剣に考え、主張すべきなのに、いつの間にか、従順なる子羊の群れになってしまいました。

昭和四二年、あなたのお子さんが、ここの保育園に受け入れられるまでの成り行きも固唾を呑んで見守っておりました。そして、離婚されたことも風のたよりで耳にしました。あなたの動向は、療養所にいる者にとっては、いろいろな意味で関心の対象です。わたしも子別れをした過去を持っておりますので、どんな思いでお子さんとの別れを耐えているのか、気がかりでしたが、ご著書「花に逢はん」の中で、息子さんと邂逅《かいこう》した場面を読んでもらい、他人事ながら胸をなでおろしました。そのこともあり、失礼とは思いましたが、お手紙を差し上げました。

お近くにお越しの折には、お立ち寄りください。


（後略）

介護を必要とする重度障害者が入居しているセンターは、個室が廊下を前にして連なった作りになっている。視力を失った人たちの案内を手助けするために、廊下には盲導鈴が設置され、そこから小鳥の囀りが流されていた。廊下の曲がり角には、十数個ほどの鈴が肩口の高さで吊るされている。人が触れる度に、―チリン、チリーン―と、音を響かせる。この鈴の音は視力を失った人たちの道標ともなっていた。

「ごめんください。加藤さん、いらっしゃいますか？」

「はい。えー、どなただってー」

「先日お手紙頂戴しました、伊波ですが」

「あー、伊波さーん、どうぞ、どうぞ」

大きな取手のついた開き戸を引くと、部屋は畳敷きの六畳間になっていた。庭に面して二重のガラス戸で仕切られた板の間があり、そこに洗面台が据付られており、その隣のカーテン奥にお手洗いが備えられているように見られた。部屋はベッドが左端を占め、反対側の三段になった収納箪笥には、それぞれの収納品の内容が表示されている。

部屋中央には小さな茶卓が据えられ、その上に一式の茶器とポットが載せられている。わずかだが、少しばかりの生活の香りを残していた。

加藤さんは今までテープを聞いていたらしく、顔をかしげた姿勢を保ちながら、停止ボタンをまさぐっていた。

「高松宮記念ハンセン病資料館（現ハンセン病資料館）まで来たものですから、寄らしていただきました。突然、お邪魔してすみません」

「いやー、このようにテープやラジオを聞く毎日ですから。天気がいいと、時折、介護員さんに手を引かれて、お天道様《てんとうさま》を浴びに出かけるぐらいです」

「何を聞いておられたのですか」

「聖書です」

「急に思いついたものですから、正門前の一石屋で買ってきた、つまらないものですが、これ、お茶菓子にでもどうぞ」

「そんなお気遣いはいらないのに」

わたしは加藤さんの手を引き寄せ、茶卓の上に乗せた菓子折りを確認させた。

「それでは遠慮なく頂戴します」

加藤さんは頭をさげながら、茶卓上に置かれている呼び出しブザーに手をのばした。

「ハーイ、どんなご用でしょうか」

インターホーンの応答は、背後のおしゃべり声もかぶさっていたが、明るく返されていた。

「加藤だけど、和久井さんいるね」

「和久井さんですね、おりますよ、和久井さんに代わりますね……。和久井でーす」

「和久井さん、お客さんが見えたから、お茶を出してくれんね」

「ハーイ。すぐ、お伺いします」

部屋に向いている足音が届き、元気な声と同時に入口の障子戸が開かれた。その介護員は制服が窮屈に見えるほど健康的な女性であった。

「いらっしゃいませ」

「和久井さん、この方ねー、あなたが代筆してくれた手紙の方。わざわざ訪ねてきてくれた」

「エッ！　ワー、どうしよう。本当に、汚い字で、ワー、恥ずかしい。わたし」

実に賑やかなあわてぶりだった。お茶を出してくれた、和久井さんは、ころがるような足音をはずませて去った。

「やかましいが、気性はいいんですよ」

「元気が一番です」と応えると、加藤さんは声を立てて笑った。


「加藤さんは、どちらのお生まれですか？」

「高知県の須坂です。カツオの一本釣船に乗っておりました。若い頃は、いい腕の漁師と言われていたものです」

「土佐ですか？　言葉の土佐訛はありませんねー、それに、あの漁師言葉の荒々しさも感じさせませんし、お聞きしないと、関東出身だと勘違いをしてしまいます」

「アッハッハッハー……。そうですか、目も見えなくなり、人様のお世話を受けなければ生きていけなくなりましたから、田舎訛や、言葉の荒々しさまで去勢されたのですかねー。ハッハッハッハー」

「一本釣りですか。若い頃は威勢が良かったでしょうね。お手紙によりますと、発病は二〇歳の時ですね」

「昭和一六年の徴兵検査でひっかかったんですよ、これからお国のお役に立てると、張り切っていたら、もう、奈落《ならく》の底に突き落とされたようなものです。四国ではこの病気のことを、どすと言います。子どもの頃から病人のお遍路《へんろ》も、日常の風景の中のひとつとして目にしていました……。

ガキどもの悪態の投げ合いも――ヤーイ、どすの子、ドスベ！　――と、囃《はや》し合っていました。あの時代は、この病気は悲惨なものです。家中に消毒薬は浴びせられるし、即刻、療養所へ行け！　でしょう。両親と家内はオロオロするし、ガキはピーピー泣く……」

「エッ、その時、すでに所帯を？」

「なーに、漁師は腕だけが一人前の証《あかし》です。年齢《とし》ではありません。わたしは一八歳で所帯を構えました」

「高知ですと、療養所は岡山の愛生園ですか？」

「役場からは香川の青松園では近すぎるから、岡山の方がよかろう。そうせいと、言って来ました」

「愛生園に向ったのですか？」

「途中まではその気でしたよ」

「途中までとは？」

「汽車の中で気が変わったんです。その汽車の中には、わたしの他に、もうひとりの患者も乗っており、県や村の人が同行して。車両一両は貸切りですよ。高松港で船に乗り換えるとき、遁《とん》ずらしたんです」

「逃げ出した。……。気が変わったとは、どういうことですか？」

「どーせ、らい療養所の門をくぐると、一生涯閉じ込められてしまうと思い込んでいました。そのように周りからも聞かされていました。それならば、最後の見納めに日本国中を歩いてからでもいいや……。全く、ねー……。国中があのご時勢でしょう。穀潰しの身に落ちたのだから……。嫁と子どもは実家にうっちらかしたまま、無責任なものです」

腕組みをしたその体つきから、若い頃の勢いの名残を感じたが、その背は小さく丸められていた。

「全生園には、いつの入園ですか？」

「昭和一七年の二月です。熱コブ[*1]で高熱が出て、上野公園で行き倒れていたんです。一巻の終わり……。それでここに収容となったのです。逃げ出してから八ヵ月、それはムチャな毎日でした。どうせ、息をしているだけの骸《むくろ》じゃー、ヤケになっていましたから……。飲む、打つ、買う。手を染めなかったのは、人を殺さなかったことぐらいでしたなー」

「療養所内の労務作業[*2]は、何を担当させられていたのですか？」

「病勢が落ち着いてから、付き添い看護です」

「太平洋戦争中は、特に大変だったと聞いておりますが」

「あの時は療養所内も戦時色一色でしてねー。――病人も銃後の一翼を、自給自足でお国に尽くさん――もともと、元気な患者の労働力を前提にして、ハンセン病療養所の運営を考えていたところに、医者や看護婦は戦地優先、壮丁《そうてい》な職員は兵隊でしょう。ますます、毎日の労務作業は、病人にのしかかったのですよ。おまけに、治療薬、食べ物も不足していますから、病人たちの病状は、一気に悪くなりました」

「視力はいつから失ったのですか？」

「昭和二三年です」

「特効薬のプロミンは、間に合わなかったのですか？」

「一足遅かった。もう数年早く……、わたしたちに届いていたら」

「ご家族との連絡は、その後？」

「嫁も子も親も棄てたこのわたしですよ……。そんな高望みしては、バチがあたります」

「途切れたままですか？」

「昨年まではね……」と言うなり、加藤さんは、突然、身をゆするように笑い出した。

「ゴメン、ゴメン。自分のおめでた加減に、つい……」

「何か？」

「いけませんねー。こう歳をとってくると、つい、俗な欲が頭をもたげてくるものなのです。わたしもその例にもれませんでした。ハンセン病者は、現世に血縁なしと、覚悟を決めていたはずなんですがねー……。情けないが、ダメなものです……。一目でもわが子に会いたいと……」

「そんなことは、ひと昔前の話じゃないですか」

「そうですかねー……。らい予防法が廃止されたものだから、わたしも、すっかり浮かれてしまったようです」

「ここ数年、急に騒がしくなってきました。見学者もそうですが、何よりも肉親の来訪の話が多くなりました」

「いいことじゃないですか？」

「そうですかねー。わたしたちの生活もすっかり変わりました。昭和三四年の年金法成立で、月額一五〇〇〇円の障害福祉年金までいただけるようになりました。少額とはいえ、お金の威力はイヤなものですねー。これまではお互い平等に足りないときには、この療養所の中は穏やかだったのですが……」

白濁し視力を失った目がわたしに向けられた。

「軍人恩給、福祉年金、労務作業賃、おまけに在日朝鮮人は対象外。これまで均質に慣らされていた日常が揺らぎ始めたんです。今は、給与金といいます。障害基礎年金[*3]の一級相当額の月額八万円弱が支給されています。ここでの医療費と生活費は、全額が公費負担でしょう。若い者ならいざ知らず、年寄りには別段の贅沢でもしなければ、使い道を持たない貯金が増えていくようになる。これ、幸せと喜んでいいことなんでしょうかね？」

「後々に備えて、お金の不安を抱えるより、いいんじゃないですか？」

「いや、そうとばかり言えないのです」

「どうしてですか？」

「これ、笑えない話ですがね。死期が近づいた入園者の周りには、急に肉親の面会者が増える」

「世間一般にもよくある話です」

「それにしても落差が大き過ぎる。あまりに肉親の縁が薄すぎた人たちですから、人生の終章はやはり、穏やかに迎え合いたいものです。やっと、たどりついたあきらめの境地が、俗世間のお金がからんで、乱されることもあるんです」

「それが、何か問題でも？」

「いや、ねー。施設運営者側は、こんな事態を予測したのでしょうかねー、実にうまい処方箋を考えだしたものです」

「処方箋ですか？」

「そうなんです。『保護者届』というのがありましてね、療友ふたりがお互いに相手を指名して、署名捺印《なついん》して作られます。保護者届は福祉室で管理されています」

「保護者届ですか？　そんなのがあるのですか？」

「まあ、分かりやすく言うと、お互いの後見人指名みたいなものです。もちろん、肉親との縁が切れている人を、対象にした仕組みですがね？」

「それは、どのような内容になっているのですか？」

「どちらか一方が死んでしまうと、残った人が指名相手の財産処分に責任を持たなければならない。なーに、長い療養生活をつづけている者同士ですから、土地建物とは縁がありませんし、この狭い部屋での持ち物などは、たかが知れていますがね。主に預貯金の問題が残るだけです。葬式や、その後の供養までの一切を、生き残った者が取り仕切るんですよ。まあ、あの世で迷わず成仏してもらおうと、いうものです」

「加藤さんも、すでにその届書は提出してあるのですか？」

「済ましています。そうそう、さっきの話ねー。わたしも、つい、浮かれかかったという
その……。話が横道に逸れてしまいましたが……。人間、長く生き過ぎるとダメですねー。

わたしも、家内と息子の消息探しを思いついたのですよ……」

「そうですか、それで、探し当てられたのですか？」

「えー、福祉室のみなさんが、一生懸命捜してくれました。高知県内には居りましたが、
須坂ではありませんでした。家内は四年前にこの世を去っていました。苦労したと思います
よ。あいつも、恨みつらみのひとつぐらい言って死にたかったんじゃないですか」

「そうですか。でも、お子さんは、元気だったんでしょう？」

「えー……」

「よかったですねー」

「でも、わたしねー……」

加藤さんは舌打ちをし、あぐらをかいた太ももを二度ほどたたいた。その仕種を目にする
と、喜びを分かち合っていいのか、慰めの言葉を用意すべきか迷っていた。

「とにかく、息子さんとの連絡はつけられたのでしょう？」

「手紙を出したのですよ、すぐに。それが……。息子から手厳しいシッペ返しを食らって
しまった」

「どうしてですか？」

「わたしねー、大きな考え違いを仕出かした。馬鹿なことを。もちろん、これまでの不始末は詫びました。死ぬ前に一目会いたいとも。文末に付け加えた文言が、息子の神経を逆なでしてしまったようです」

「何を書かれたのですか？」

「こう書いたのです。ここの生活は、何不自由なく過ごさせてもらっている。ありがたいことに国から年金も頂けるようになり、八〇〇万円ほどの貯金ができた。送金したいので振り込み口座番号を知らせて欲しい」

「それが、問題でも？」

「だってネー、あなた、いきなり親父なるものが現われ、会いたい、金を送りたいでしょう？　息子が怒り出すのは無理ないです。まるで、安っぽい餌をチラつかせているようなものです。息子は真っ当でした……。せめて、母親が存命中ならば、まだしも。今頃になって」

大きな深呼吸をして話がつづけられた。

「父親ですか。会いたいなどとは。今さら、あなたを責めるつもりはありませんが、あなたの病気は、わたしたちの人生を狂わせてしまった。あなたの息子と言われるわたしは、甲斐性がないのでしょうか。五七歳になっても、まだ、所帯を持てずにいます。しかし、これも運命だったとあきらめます。息子に背負わした荷がねー……」

加藤さんは、しゃくりあげながら息子からの最後の言葉を話した。

「息子の最後の文言ね――……。――送金の件、お断りいたします。ただ、ひとこと言わせて貰えば、悔しさがこみあげ、身の置き場がありません。国は……、あなたや、あなたの家族の、この五五年の年月に、こんなに安い値しかつけなかったのですね――」

安い値か……。父子の縁《えにし》に決別する子からの言葉が、わたしの頭の中を駆け巡る。

「伊波さん。白髪は栄光の冠といいますが、父親の冠とは、一体、どのようなものでしょうか?」

渡り廊下のスピーカーから、園内放送が響き渡っていた。

――福祉室からお知らせします。三月の給与金配布のため、ただ今より各部屋にお伺いします――

半夏生《はんげしょう》

一九九九年の暮れは、特に忙しく走りまわっていた。と言うのは、来年の春から三〇年も過ごした東京での生活に終止符を打ち、終の棲家に選んだ信州上田市に移り住むことになっていたが、その準備ややり残していたことなどを気に掛けていると、どうしてもそうなってしまう。

駅前の喫茶店「富士」の右奥の席は、元ハンセン病療養所園長E医師と談笑するときの常席になっていた。E医師は外科医で、その後、ハンセン病国家賠償訴訟の法廷で原告側証人として、国の過ちを証言したひとりでもある。わたしとはハンセン病療養所時代の医師と患者の関係である。

転居前の挨拶ということもあったが、先日お会いした折、何気なく口にされた先生の話の中に、わたしの関心を引きつける興味深いことがあり、できればもっと詳しくお聞きしたいと思ったからである。

「現代の家族関係は形骸化《けいがいか》しているから、ハンセン病問題とのかかわりでは、少しは変化してきたのではないかと思っていたのですが、まだだめですねー」

「そんなに簡単なものではないだろう。日本的な家族関係では、ハンセン病問題は、まだまだ引きずって行く課題だからなー」

「病気は極めて個人的なできごとなのに、これほど徹底して家族まで巻き込んだ疾病は、後にも先にも出ないでしょうね」

「らい予防法廃止後[*4]、社会復帰者の意識に変化は見られるかね？」

「いやー、難しいですねー。できればこれを機会に変わりたいとの願望は感じられますよ。でも、正直なところ、世間に知られずに、何とか生活しているのに、今更、波風を立てられたくないと、言われるのがほとんどです」

「それが正直なところだろうなー、その精神的重圧を想うだけでもつらいねー」

「支え合うはずの家族にも、隠し通している人もいますから」

「そうなんだ。わたしの患者だった家族にもあったなー」

「隠し通したのですか？」

「本人はそう思い込んだんだけどね、でもねー、病気を突き抜けてしまう家族の絆もあるんだよ」

「病気を突き抜けるとは？　どういうことですか？」

「今度、時間があったら、その話、してやるよ」

受診者が招き入れられる度に聞こえていた待合室のざわめきが、静けさをとりもどしていた。

「受診者ではありませんが、先生にどうしてもお会いしたいと、小村さんとおっしゃる方がお越しです。先生？　如何《いかが》いたしましょうか？」

「そうね。婦長、患者さんはあと、何人？」

「四人です」

「それなら三時以降になるが、その頃ならいいよ」

その婦人が診察室に招き入れられた。

「本日は突然、お訪ねして申しわけございません。わたくし、小村と申します。本来なら、ご連絡を差し上げてからと思いましたが、どうしても……」

「どんなご用向きでしょうか？」

「わたくし、小村昌秀の家内でございます。小村は先月、肺ガンで亡くなりました。生前、先生に大変お世話になったと伺っております。ありがとうございました」

「エッ、学校の先生をしていた小村さん？　だって、彼、まだ、若いでしょう？　いつのことですか？」

「えー、六月二三日です。五〇歳でした」

「そうでしたか。ご愁傷様でした。それにしても早すぎましたねー。それでは、お父さんも気落ちなされているでしょう？」

「いーえ、義父も平成二年に亡くなりました」

「そうですか」

「実は、わたくしには、どうしても解《げ》せないことがございまして、先生にお聞きすれば、あるいはと思い、お訪ねいたしました」

「お役に立てれば……」

「すみません……。わずかばかりの遺産でも相続となると、たくさんの書類が必要なんですねー」

「……」

「戸籍謄本もそのひとつでした。ここのところ、ちょっとしたことにも主人と暮らした日々を思い出しては、ボーッとすることが多くなりました。その時もそうでした。戸籍謄本を眺めながら、わたしの家族……、これからは、わたしひとりなどと……」

「お子さんは？」

「作りませんでした。結婚の条件は、子どもを作らないことでした。あの人、何故かこだわっていましたから。子育てに人生を奪われたくないと、あまりにもかたくなで」

「そうですか」

「わたくし、これまで、戸籍謄本など注意して、目にすることもありませんでした。この類の雑事はすべて主人に任せておりましたから。先生、戸籍の記載内容がおかしいのです」

「どんなことですか」

「義母のことですが、わたくし、離婚したと聞かされておりましたし、すっかり、そう信じ込んでおりました。先生？　離婚となるとその旨の記載はされておりますでしょう？」

「通常だとそうですね」

「それが、その義母の欄には、それらしきことが一言半句も見当たらないのです。それだけではありません。住所が東村山市、死亡日は昭和六三年と、ちゃんと記載されていました。六三年でしたら、義父もまだ健在でしたし、主人からも何ひとつ聞かされたこともないことです。それに、死亡届者が西山文雄になっております。この方はどんな関係？　……。考えれば考えるほど、頭が混乱してくるばかりです」

「お義父さんは、お義母さんのこと、どのように話していましたか？」

「いつも、たった一言だけです。――いい女だった――。わたしは義父に、その度に申し上げました。そんなにいい女だったのなら、どうして、離婚なさったのですか？と」

「お義父さんは、どう答えていました？」

「ただ、笑っているだけでした。あんまりいい女だった、いい女だったと、言われるものですから、わたしもつい、憎まれ口を叩くこともありました。そうですか？　ふつつかな嫁ですが、お義父さん？　時にはこの嫁にも――いい女だ――と、世辞のひとつぐらい掛けてくださいい。それはそうでしょうよ？　八歳の昌秀さんを、男手おひとつで育てる苦労をなさっても、一生涯、独身を貫いてこられたのですからと」

「……」

「でも、時折、何故か？　わたしの軽口に、とても悲しげな目を返されたのが印象的でした」

「そうですか、その他には？」

「別段、何も……」

「小村さん、わたしのことは何処《どこ》で？」

「はい。主人の遺言状ですの。その中に―国立T病院のE医師を尋ねるように―と、書き遺されておりました。わたくし、葬儀などの雑事に取り紛れ、そのことをすっかり忘れておりました」

「昌秀さん、そんなことを書き遺していたのですか？」

「ええー。戸籍謄本の疑問も、あるいは、先生をお訪ねすれば、何か伺えるのではないかと、ふと、そう思えたのです。それで……」

「小村さん、あなた、時間はありますか?」

「はい」

「通常はバスに乗りますが、停留所の二つ先ですから、少し歩きましょう」

国立T病院から多磨全生園へは、幹線道路に沿ってたどると一〇数分もかからないほど近い。

途中、E医師から小村さんに言葉が掛けられることはなかった。いつもより足早に歩をすすめながら、これから触れるであろう、一つひとつの言葉を頭の中で想い描いていた。

ひと昔前まで外部と遮断の役割を担っていた柊《ひいらぎ》の垣根は、背の丈に刈り込まれ、三万坪の敷地を取り囲んでいる。その東端の一角に、一メートルほど生け垣が切れている場所がある。ここは人の出入りのみに利用されている。ふたりはその入口から中に入り込んだ。

向かう先も告げられず、遅れまいと小走りに近い足の運びをしている小村さんは、しきりに額の汗を拭いていた。

人影のない仏舎利塔前だった。この一角だけは、木々の茂りが七月の日差しを遮り、冷気が辺りを制している。

E医師は黙って合掌した。小村さんもつられたように手を合わせた。

「あなたのお義母さんですが、ここに眠っておられます」

E医師の言葉は、風が運んで来たかと思えるほど静かで淡々としていた。

「先生、ここは？」

「この療養所の納骨堂です」

「えっ！　先生、お義母様は、ここに？」

突然の宣告にも似ていた。思いがけない展開の前に小村さんの心の用意が伴わない。そのため、感情の昂《たか》ぶりは置き去りにされたまま、機械仕掛けのロボットのように、一歩前に進み出る。そして、膝《ひざ》を落とし長い合掌をつづけた。

小村さんの耳に、生け垣の外を走り抜ける車の音が聞こえていた。


「先生、義母が存命の頃を、ご存じの方は？」

「あなたが話された戸籍の、死亡届者の西山文雄はこの療養所の職員でした。彼は退職して今はおりませんが、誰か、職員の中で小村さんを知っている人がいるでしょう」

「先生、お願いいたします。どなたでも結構です。ぜひ、会わせてください！」

「では、療養所の福祉室に寄ってみましょう」

療養所の福祉室へは西に一本道を真っ直ぐ向かえばよかった。道の両脇には姫椿が等間隔に植栽され、その一本一本に寄贈者と思われる名札が吊るされていた。やがて季節を迎えれば、この街路樹は花の道と姿を変えるだろう。

「ここだったんですね、義母は、ここに……」

「そうです。小村さん、お義父さんからお義母さんのこと、何か別の話は聞かされていませんでしたか？」

「別の話ですか？　そう言えば、義母はとてもお酒が強かったと、申しておりました」

「お酒ですか？」

「先生？　このお酒にまつわる話は、とても愉快でしたよ」

「愉快ですか？」

「結婚前の話ですが、義父はお酒で大失態した前歴があったそうです。それで、結婚を契機に、―今後、外でお酒は一切口にしない―と、義母に約束させられたそうです。でも、子どもが二歳になると、また、悪い虫が騒ぎ始め、飲み屋の梯子《はしご》酒を始めるようになったそうです」

「生真面目で、とてもそんな風には見えませんなー」

「いーえ、それは、大分あとの義父です。ほろ酔い気分で帰宅しますと、義母は、二杯の盃とお肴を食卓に並べ、待ち構えておられたそうです。クッ、クック……」

おかしさを抑え切れないのだろうか、小さな笑い声を立てた。

「ごめんください。この話、想い出すだけで、つい……」

手で口を押さえ、笑いをかみ殺しながら小村さんの話がつづいた。

「こうですのよ。――お帰りなさいませ。あなた。まあ、そこにお座りなさい。これから、ご相伴《しょうばん》をさせていただきます。どうぞ――。義父はこんな迎えられ方に、目を自黒なさったそうです」

「ほろ酔い気分は、飛んでしまったでしょうな」

「ええー、その後の話が、また……。今日は遅いから酒はもういいと、逃げを打つ義父に、―あなた、余所のご婦人と、差し向かいで召し上がっているお酒です。家内のわたしとのお酒は、もっと美味しく召し上がれるはずです。まあ、一献《いっこん》、どうぞ―。―参《まい》っちゃったよ。あなたねー、それがまた、少しの乱れも見せない。睨《にら》みつけられたまま、差しつさされつ、夜が白々と明けるまで延々と続いてごらんなさい。悪酔いどころか、もう金輪際、お酒はコリゴリだと思いましたよ。でも、いい女だった。―最後はいつもの決まり文句で、この話も締められましたけど……」

「それは、大変だ。誰でも音《ね》をあげる」

福祉室の応接室に年配の職員が呼び出された。

「突然で悪いが、昭和三〇（一九五五）年入園の小村正子さんねー、そう、あやめ舎にいた。彼女と親しかった患者さんを知りませんか」

「あやめ舎の小村さんですか？　……。えーっと、それでしたら、里山リュウさんですよ。リュウさんが一番親しくしていましたから。すぐここに来てもらいますか？」

呼び出された里山リュウさんが、姿を見せたのは間もなくであった。顎《あご》の膨らみの上に、はちきれるような笑顔を浮かべながら姿を見せた。

「やー、おリュウさん、久し振り。膝の痛みは、どうかねー」

「部屋の中を歩き回るには、どうもありませんが、七〇歳を超すと、先生、全生園の華ともて囃《はや》されたおリュウも、今じゃー、あちこちガタがきてダメだねー」

軽口と共に一ヨッコラショーと、一声飛ばしながら、ソファーに身を沈めた。

「紹介しましょう。こちらが里山リュウさん」

「義母《はは》が大変お世話になったそうで。その節はありがとうございました」

「お母さんて、あなた小村さんの娘さん？」

「いいえ、主人の義母です」

「エッ！　そうすると、あなた、昌秀さんの奥さん？　あの昌ちゃんの……」

「あのー、里山さん、わたくしの主人もご存じなのでしょうか？」

「エッ、うん……」

一瞬、言葉に詰まり困惑の表情を浮かべた。

「里山さん、構いませんよ。すべてを話してください。まず、小村正子さんのことから」

「そう……。あなた、昌ちゃんの奥さん？」

「はい」

「小村さんはね、昭和三〇年にここにきて、昭和六三年に亡くなりましたが、死因は肝硬変と知らされました。確か六四歳の時ね、わたしより五歳お姉さんだったから」

「六四歳でしたか。ここにお世話になったのが、昭和三〇年ですか？　そうですか」

「ええ」

「主人が八歳の時に、離婚して家を出たと聞かされていましたから、符合いたします。離婚したというのは、この病院に来たことだったのですね？　あのー、義母はどのような方だったのでしょうか？」

「とてもユニークな方でしたよ」

「ユニークと申しますと……」

「豪傑なのよ。でもとっても細《こま》やかな方、短歌会の責任者を長くしていましたし、それに、なにより、お酒が滅法強かった」

「やはり、そうでしたか」

「イヤイヤ、飲みっぷりも痛快だったけど、最後まで、少しの乱れも見せなかったのよ」

「義父もそのように申しておりました」

「それに、とても、頑《かたくな》なところがあってネ。あなたには、つらい話かも知れないけれど、構わない？」

「エエー、結構です。何でもお話ください」

「小村さんは、旦那さんと昌ちゃんが面会に来ても、決して、会おうとしなかったわネ。わたしが西武新宿線の久米川駅まで出かけて、間を取り持っただけ」

「義父も主人も会えずじまいだったのですか？」

「そうよ。辛かっただろうね……。今でも目に浮かぶよ。肩を落として、昌ちゃんの手を引いて帰って行く旦那さんのあの後ろ姿ねー。それでも昌ちゃんのお父さんはねー、わたしなどと違って、涙は一切見せなかったね」

「どうして、会ってはいただけなかったのでしょうか？」

「もちろん、時にはわたしも食ってかかったわね。あなたには、人間の情を持ち合わしてないの？　とネ」

里山さんの声は、当時を思い起こしたのか強い調子に変わっていた。

「はっきり覚えているわよ、あの時の小村さんの返事を……。表情ひとつ変えずにこう言われたのよ。―リュウさん、人間の情って何？　それって、引きずることで、何か道でも拓《ひら》かれるものなの？　そんなもの……。妻と母親の役目を果たせなくなった女には、もう、縁がないものよ。一刻も早く断ち切らないと、あの人の……。そして、昌秀にも新しい世界など、生まれて来ないでしょう！　―。この言葉、どうー、いやー、わたし、返す言葉なんて」

そう言い終えたあと、言いにくそうに言葉をつづけた。

「それが、昌ちゃんの発病で、なお、一層強くなったの」

「昌秀さんの発病って？　それ……」

「あんた、聞いていなかったの？」

「えー、何も」

「そう……」

里山さんは明らかに躊躇《ちゅうちょ》していた。助けを求める視線をE医師に向けた。

「全部話していいよ。本人もそれを望んでいるはずだから」

「お願いします。すべてを知りたいんです！　わたし」

「そぉお……。昌ちゃんが発病したのよ。正子さんが入園してから四年後だったから、昌ちゃん、一三歳の時と思うよ。今の天皇と美智子妃とのご成婚で、大騒ぎだったから」

「それでしたら、昭和三四年です」

「残念なことだけど、昌ちゃんは幼児感染していたのね。でもね、二の腕に一ヵ所だけ、斑紋のある初期の段階だったの。医者からそう宣告されたその時の、あなたのお義父さんの言葉はねー、一種の凄《すご》みさえ感じられたわよ」

「どのような？」

「この病気は、わたしから息子まで奪うのですか？　もう沢山です。妻もこの病院の中に閉じ込められ、わたしは愛するものすべてを失います。息子の病気を、治せる薬をください。昌秀はわたしの手元から離しません。この子の病気と、わたしは闘います！」

「それで、昌秀さんは、どうなったのですか？」

「軽い症状だったし、すでに、内服治療薬のタプソン（ＤＤＳ）が使用されはじめていたから、在宅治療で治すことにしたそうよ。それで定期的にここで診察を受け、治療薬を受け取りに来ていたのよ」

「先生、あのー、そのタプソンって、白い、小さな錠剤ではありませんか？」

「そうですよ」

「そうですか？」

「お父さんと昌ちゃんは、年に一、二回、ここに通うほかに、三ヵ月に一回、久米川駅まで薬を取っていたのよ」

「いや、その錠剤……。主人、癌で東京女子医大に入院する前日まで、朝食後の日課のように飲んでいました。わたくし、聞いたことあるんですよ、それ、何のお薬ですか？　と」

「で、なんと？」

「あの人、ニヤリと笑いながら、—中学の教師は毎日が格闘技の選手みたいなものだ。精神安定剤でも飲んで登校しないともたない—などと、答えていましたが、いーえ、精神安定剤などとは、わたしは信じませんでした。あの人の毎日を見せられていたものですから。話題の大半は、子どもたちの話でしょう。それに、子どもが大好きで、学校の話をする時のあの顔……。ですから、その話は冗談半分にしか聞いていませんが、主人は生来胃弱体質でしたから、胃のお薬だろうと、あまり気にも留めなかったのです。わたしも、お目出度い性分ですから。そうでしたか？　あの錠剤は……。そうだったんですネー」

「あなたのお義母さんには、昌ちゃんの発病を、わたしが伝えたのよ。身じろぎひとつしなかった。その時、ただ、ポツリとこう言っていたわねー。—リュウさん、わたし母として、一体、何だったのかしらね？　息子に分け与えられたのが、病気だけだったとは……」

「義父と主人とは、その後は？」

「その後も、お義父さんと昌ちゃんは、何度も面会に来たわよ。いーえ、益々頑固になったわ。とうとう、亡くなるまで、旦那さんにも、昌ちゃんにも、一度も会わずじまいだった」

「なんて、むごい！　お義母さーん……。アァー」

身をよじって泣き伏す小村さんの姿を、E医師と里山さんは、黙ってみつめていた。

多磨全生園正門前から乗り込むバスが、赤信号で止まっている車列に並んで姿を見せていた。小村さんは見送るE医師に深々と頭を下げた。

「先生？　わたくし、お訪ねしてよかった。でも、主人がわたしに一言も話してくれなかったのが、少しばかり悔しいです」

「……」

「とっても、いい主人でした。……」

＊1　ハンセン病の病型には大別して、らい腫型、境界群、類結核型がある。らい腫型は、皮膚に結節を作り、らい菌の感染性から見ると要注意の病型。熱コブはらい腫型に見られる症状で高熱をともなう。境界群は皮膚に赤白の斑紋が現われる。菌は少なく、らい腫型に比べ良性といえる。類結核型は、菌がもっぱら神経を侵すため四肢障害を残すことがある。伝染性は少なく一番軽症の病型といわれている。

＊2　患者自身が看護と身体の不自由な者の生活介助にあたる。昭和三二年まで続く。療養所内では、動ける者は全て作業に従事させた。昭和九年にはその作業職種は九八種にのぼった。

＊3　一級障害者は年額九五万五二〇〇円、二級障害者は年額七九万二一〇〇円が、年間六回に分割支給されている（二〇〇七年一月現在）。

＊4 ［らい予防法の廃止に関する法律］

（らい予防法の廃止）

第一条 らい予防法（昭和二十八年法律第二百十四号）は、廃止する。

（国立ハンセン病療養所における療養）

第二条 国は、国立ハンセン病療養所（前条の規定による廃止前のらい予防法［以下「旧法」という。］第十一条の規定により国が設置したらい療養所をいう。以下同じ。）において、この法律の施行の際現に国立ハンセン病療養所に入所している者であって、引き続き入所するもの（第四条において「入所者」という。）に対して、必要な療養を行うものとする。

（国立ハンセン病療養所への再入所）

第三条 国立ハンセン病療養所の長は、この法律の施行の際現に国立ハンセン病療養所に入所していた者であってこの法律の施行後に国立ハンセン病療養所を退所したもの又はこの法律の施行前に国立ハンセン病療養所に入所していた者であってこの法律の施行の際現に国立ハンセン病療養所に入所していないものが、必要な療養を受けるため、国立ハンセン病療養所への入所を希望したときは、入所させないことについて正当な理由がある場合を除き、国立ハンセン病療養所に入所させるものとする。

2 国は、前項の規定により入所した者（次条において「再入所者」という。）に対して、必要な療養を行うものとする。

（福利増進）

第四条　国は、入所者及び再入所者（以下「入所者等」という。）の教養を高め、その福利を増進するように努めるものとする。

（社会復帰の支援）

第五条　国は、入所者等に対して、その社会復帰に資するために必要な知識及び技能を与えるための措置を講ずることができる。

（親族の援護）

第六条　都道府県知事は、入所者等の親族（婚姻の届出をしていないが、事実上婚姻関係と同様の事情にある者を含む。）のうち、当該入所者等が入所しなかったならば、主としてその者の収入によって生計を維持し、又はその者と生計を共にしていると認められる者で、当該都道府県の区域内に居住地（居住地がないか、又は明らかでないときは、現在地）を有するものが、生計困難のため、援護を要する状態にあると認めるときは、これらの者に対し、この法律の定めるところにより、援護を行うことができる。ただし、これらの者が他の法律（生活保護法（昭和二十五年法律第百四十四号）を除く。）に定める扶助を受けることができる場合においては、その受けることができる扶助の限度においては、その法律の定めるところによる。

2　援護は、金銭を給付することによって行うものとする。ただし、これによることができないとき、これによることが適当でないとき、その他援護の目的を達するために必要があるときは、現物を給付することによって行うことができる。

3　援護のための金品は、援護を受ける者又はその者が属する世帯の世帯主若しくはこれに準ずる者に交付するものとする。

4　援護の種類、範囲、程度その他援護に関し必要な事項は、政令で定める。

（都道府県の支弁）

第七条　都道府県は、前条の規定による援護に要する費用を支弁しなければならない。

（費用の徴収）

第八条　都道府県知事は、第六条の規定による援護を行った場合において、その援護を受けた者に対して、民法（明治二十九年法律第八十九号）の規定により扶養の義務を履行しなければならない者（入所者等を除く。）があるときは、その義務の範囲内において、その者からその援護の実施に要した費用の全部又は一部を徴収することができる。

2　生活保護法第七十七条第二項及び第三項の規定は、前項の場合に準用する。

（国庫の負担）

第九条　国庫は、政令の定めるところにより、第七条の規定により都道府県が支弁する費用の全部を負担する。

（公課及び差押えの禁止）

第十条　第六条の規定による援護として金品の支給を受けた者は、当該金品を標準として租税その他の公課を課せられることがない。

2　第六条の規定による援護として支給される金品は、既に支給を受けたものであるとないとにかかわらず、差し押さえることができない。

附則

（施行期日）

第一条　この法律は、平成八年四月一日から施行する。

（経過措置）

第二条　この法律の施行の日前に行われ、又は行われるべきであった旧法第二十一条の規定による援護については、なお従前の例による。

第三条　この法律の施行の日前に行われ、又は行われるべきであった旧法第二十三条各号に掲げる措置に要する費用についての都道府県の支弁及び国庫の負担については、なお従前の例による。

第四条　この法律の施行前にした行為に対する罰則については、旧法第二十六条の規定は、なおその効力を有する。

（地方財政法の一部改正）

第五条　地方財政法（昭和二十三年法律第百九号）の一部を次のように改正する。

第十号第四号中「、性病、寄生虫及びらい」を「及び性病」に改める。

（優生保護法の一部改正）

第六条　優生保護法（昭和二十三年法律第百五十六号）の一部を次のように改正する。

第三条第一項第三号を削り、同項第四号中「虞れ」を「おそれ」に改め、同号を同項第三号とし、同項第五号中「且つ」を「かつ」に、「虞れ」を「おそれ」に改め、同号を同項第四号とし、同条第二項中「前項第四号及び第五号」を「前項第三号及び第四号」に改める。

第十四条第一項第三号を削り、同項第四号を同項第三号とし、同項第五号中「姦淫されて」を「姦淫《かんいん》されて」に改め、同号を同項第四号とする。

（医療法の一部改正）

第七条　医療法（昭和二十三年法律第二百五号）の一部を次のように改正する。

　第七条第二項中「、らい病床」を削る。

（国立病院特別会計法の一部改正）

第八条　国立病院特別会計法（昭和二十四年法律第百九十号）の一部を次のように改正する。

　第一条第二項中「らい療養所」を「国立ハンセン病療養所」に改める。

（出入国管理及び難民認定法の一部改正）

第九条　出入国管理及び難民認定法（昭和二十六年政令第三百十九号）の一部を次のように改正する。

　第五条第一項第一号中「又はらい予防法（昭和二十八年法律第二百十四号）」を削る。

（国民健康保険法の一部改正）

第十条　国民健康保険法（昭和三十三年法律第百九十二号）の一部を次のように改正する。

　第六条第八号中「国立のらい療養所の入所患者」を削る。

（国民年金法の一部改正）

第十一条　国民年金法（昭和三十四年法律第百四十一号）の一部を次のように改正する。

　第八十九条第二号中「又はらい予防法（昭和二十八年法律第二百十四号）によるこ

れに相当する援助」を「その他の援助であって厚生省令で定めるもの」に改め、同条第三号のように改める。

三　前二号に掲げるもののほか、厚生省令で定める施設に入所しているとき。

第九十条第一項第二号中「又はらい予防法によるこれに相当する援助」を「その他の援助であって厚生省令で定めるもの」に改める。

（地方自治法の一部改正）

第十二条　地方自治法（昭和二十二年法律第六十七号）の一部を次のように改正する。

別表第一第七号を次のように改める。

七　削除

別表第三第一号十六を次のように改める。

十六　削除

（厚生省設置法の一部改正）

第十三条　厚生省設置法（昭和二十四年法律第百五十一号）の一部を次のように改正する。

第五条第三十九号中「らい」を「ハンセン病」に改める。

「らい予防法の廃止に関する法律に対する附帯決議」（参議院厚生委員会　平成八年三月二六日）

ハンセン病は発病力が弱く、又発病しても、適切な治療により、治癒する病気となっているのにもかかわらず、「らい予防法」の見直しが遅れ、放置されてきたこと等により、長年にわたりハンセン病患者・家族の方々の尊厳を傷つけ、多くの痛みと苦しみを与えてきたことについて、本案の議決に際し、深く遺憾の意を表するところである。

政府は、本法施行に当たり、深い反省と陳謝の念に立って、次の事項について、特段の配慮をもって適切な措置を講ずるべきである。

一　ハンセン病療養所入所者の高齢化、後遺障害等の実態を踏まえ、療養生活の安定を図るため、入所者に支給されている患者給与金を将来にわたり継続していくとともに、入所者に対するその他の医療・福祉等処遇の確保についても万全を期すこと。

二　ハンセン病療養所から退所することを希望する者については、社会復帰が円滑に行われ、今後の社会生活に不安がないよう、その支援策の充実を図ること。

三　通院、在宅治療のための医療体制を早急に整備するとともに、診断・治療指針の作成等ハンセン病治療に関する専門知識の普及を図ること。

四　一般市民に対して、また学校教育の中でハンセン病に関する正しい知識の普及啓発に努め、ハンセン病に対する差別や偏見の解消について、さらに一層の努力をすること。

にんげんの連

にんげんの連

二〇〇二年五月、わが家の小さな庭には芝桜が咲きそろっていた。

「今度の土曜日の午後、いらっしゃいますか？　よろしければ友人と二人で伺いたいのですが」

「在宅していますから、どうぞ」

その時、南相木村国保直営診療所所長・色平（いろひら）哲郎医師がご一緒された方が、スマナ・バルア博士（WHO西太平洋地域事務所感染症担当医務官・所在マニラ）であった。満面の笑みを浮かべながら名刺を手渡された。まず、その流暢な日本語に驚かされた。

「私はバングラデシュで生まれました。愛称は、バブです。どうぞよろしく」

わたしがハンセン病回復者ということもあって、バルア医師は、現在の勤務地であるフィリピンのハンセン病事情について話してくれた。

「フィリピンでは、年間二千五百人の新しい患者が発生しています。フィリピンも日本と同じように、ハンセン病患者を隔離してきました。その隔離政策は一九〇六年にはじまり、一九六〇年代の半ばに止めました。患者さんたちは、クリオン島という小さな島に隔離されていました。クリオンは新潟県佐渡島の約半分ぐらいの面積です。一番、たくさんの患者が隔離されていたときには、記録を見ると二千人もいたそうです」

「一九六〇年代に隔離政策を取りやめたとは、日本とはずいぶん違いますね」

「日本はお金持ちの国ですから」

そう言って、微笑とともにウインクが返された。

「隔離政策が廃止された後、そのクリオン島にいた元患者さんは、どうなったのですか?」

「フィリピンも日本と同じようにハンセン病に対する偏見が強い国です。そのため、その島から出ることはありませんでした。今、クリオン島には、その当時、隔離されていたその子孫の一万八千人が住み着いています。また、元ハンセン病患者百人も、一緒に生活しています」

「ところで、バルアさんはバングラデシュでお生まれになって、医学はフィリピンで学ばれたそうですが、どうしてこんなに日本語がお上手なのですか?」

「ほめてくださってありがとうございます。わたしは最初、日本に医学を学びに来ました。しかし、日本の医療は、高度な医療機器と細分化された専門性によって成り立っています。この医療システムは、貧しいアジアではとても構築できません。それで、たどり着いたのがフィリピン大学レイテ校だったのです」

バルア医師の話を色平医師が引き取った。彼は熱中し出すと、自らの手の掌にメモを書き込み、頭の中で湧き出すメッセージを、整理しながら話す癖があるが、そのときもそうであった。

「実はわたしは東大で物理を学んでいて、この学問は人間にどのような役割を果たせるのかと、悩みました。それで、世界を放浪していたのですが、そのときフィリピンでバブさんに出会いました。医学は人間と社会の役に立つことができる。そのことを示してくれたのがバブさんでした。

それでわたしは医学への道へ進路を変更したのです」

「ところでフィリピンでは、医師や看護師は、どんどん頭脳流出しているそうですが、それは、本当ですか？」

「看護師を例にしますと、国外で働けば、国内賃金の一〇倍もらえます。だから、医者や看護師の資格を取ると、高い給料を求めて多くの医療技術者が、海外に頭脳流出[*1]してしまいます。また、フィリピンの国内問題としても、医療技術者は都市部に集中してしまい、地域医療は空白になりはじめました。この事態に対処するために、わたしも学んだフィリピン国立大学医学部レイテ校[*2]（ＳＨＳ）が創設されたのです」

「そのＳＨＳについて、もっと詳しく教えてくれませんか」

「この学校に入学するには、学生にあるユニークな条件が必要になります。それは出身地の村人からの推薦です。奨学金は出身コミュニティーが負担します。卒業後、出身地または指定された地域の保健医療に従事することが求められるのです」

「地域の推薦を受け、みんなでお金を出し合って医療従事者を育てる。おもしろい発想ですね。でも、これこそが人を教育するための本当の投資になりますねー」

「入学すると、誰もが助産師資格を持つコミュニティー・ヘルス・ワーカーを目指します。二年で学業を修了し、コミュニティー・ヘルス・ワーカーの国家試験を受けます。資格を取った者は、それぞれの村に帰り、習得した知識や技能の実践をしなければなりません。奨学金を出してくれた村で仕事をすることで、村人の心のつながりが育つようになります」

「レイテ校の医学修学のシステムはどのようになっているのですか？」

「さらに勉強したい学生は看護師養成コースに進みます。しかし、これも助産師としてのこれまでの地域活動が評価され、村人から推薦が得られない者は、次の段階には進めません。推薦→地域での実践→評価→推薦と繰り返されながら、保健師、医師と階段式にスキルアップしていきます。この学校では、看護教育と医学教育が個別に切り離されているのではなく、直線的に階段状の医学修得カリキュラムが特徴です」

「なるほど、人がつながり合っている社会の中で、医療人が育てられて行くのですね。そして、この人たちは村の宝として大切にされる。この人たちもまた、自分を送り出してくれた出身地に感謝しながら、地域に定着するようになる。いいシステムだなー」

「中国の哲学者晏陽初（Yen Yang Chu）が、人々の中へ[*3]（Go to the People）という、言葉を残しております。紹介しますと、彼はこのように言っています。

人々の中へ行き　人々と共に住み　人々を愛し　人々から学びなさい

人々が知っていることから始め　人々が持っているものの上に築きなさい

しかし、本当にすぐれた指導者が　仕事をしたときには　その仕事が完成したとき人々はこう言うでしょう　「我々がこれをやったのだ」と。……。すばらしいメッセージですね。この理念こそを医療に携わる者の心の中心軸に据えるべきものです。レイテ校の実践は、日本の医学教育が見失っているものを教えてくれています」

バルア医師は、首を振りながらこう言った。

「ですが、フィリピンの地方の村はとても貧しいのです。折角のいいシステムがあっても、奨学金を用意して、学生を送り出せる余力のある村はごくわずかです」

このスマナ・バルア医師が残した言葉が、その頃、わたしがとらえられていた、ひとつのある思い――ハンセン病が癒えた者の同盟と社会的責任――と重なりはじめた。

この思考はすでに、シュヴァイツァー（シュヴァイツェル）によって唱えられていると、友人から教えられ、『水と原生林のはざまで』（岩波文庫）が送られてきた。シュヴァイツァーは、それを「苦痛によって烙印《らくいん》をおされた者の連盟」と称して、次のように書いていた。

――不安と肉体的苦痛がどんなものであるかを自分の身に経験した人々は、世界のどこにいても、つながりを持っている。一つの神秘なきずながこの人々を結びつけているのである。かれらはともに、人間を支配しうる恐るべきものを知っているし、ともに、苦痛からのがれたいという憧れを知っている――

次に歩むべき行動のヒントがわたしに与えられた。

わたしは自分の発病とわたしに届かなかった医療の遅れを、いつも歯噛みする想いで振り返っていた。あの沖縄に生まれ、沖縄戦に巻きこまれたわたし。そして、ハンセン病の感染と発病。医療から見放されたまま、決定的な診断の手遅れ……。そのすべてが、オキナワ社会の貧しさと医療の未整備に起因していた。

—もっと、わたしの身近に医療があったら—、この思いは、ますます強まってくる。それだけに、スマナ・バルア博士との出会いは、わたしの心に灯をつけた。しかし、その想いはまだ、迷走をつづけたままであった。

わたしも法律第六三号によって、一千二百万円の補償金を受け取ることになった。正直なことを言えば、予期もしない突然の大金を前にして、どのように取り扱うべきか、思案投げ首の状態の中にあった。

二〇〇二年三月、わたしは長野市立湯谷小学校六年三組の教室にいた。このクラスとは二年越しの交流授業がつづけられており、その日は、二年間の総仕上げのつもりで、子どもたちの前にたっていた。

いつも目立たないY君が、突然、手をあげた。

「質問があります。新聞を見ると、ハンセン病患者に補償金が出ると書いてありましたが、伊波先生にも出たのでしょうか。もし、出たのなら、いくらでしょうか?」

「わたしにも出ます。その金額は、一千二百万円です」

子どもたちの中に、—スゲエー—とか、—千二百万円だって—というささやきや、ざわめきが起こっていた。T君の手があがる。

「そのお金、どのように使うのでしょうか？」

予期しない質問ではあったが、わたしの返事は、迷いもなく明確だった。

「はい。フィリピンで医学を学ぶ人たちを育てるために使いたいと思っています」

子どもたちから、なぜか拍手が帰ってきた。

支給決定通知書

通知書番号第　3201　号

平成一四年　三月　四日

伊波　敏男　殿

ハンセン病療養所入所者等に対する補償金の支給等に関する法律（平成一三年法律第六三）に基づいて、あなたが請求された補償金の支給を下記のとおり決定したので通知します。

厚生労働大臣　㊞

補償金の額　　金　12、000、000　円

上記の補償金の決定に不服がある場合は、決定があったことを知った日の翌日から起算して六〇日以内に厚生労働大臣に対して不服申立てすることができます。

わたしが預かった「補償金」の使い道への意見を求めて、友人たちに集まってもらった。南相木村国保診療所所長色平哲郎医師、川上村国保診療所所長長純一医師（現佐久総合病院）、そして、今は亡きルポライター須田治氏の三人である。

まず、わたしの意志が伝えられ、いろんな意見が交わされた結果、つぎのことが決められた。

七百万円を基金として、フィリピンで医療を志す者への奨学金として活用する。可能ならばクリオン島出身者から優先的に選出する。

このことは色平哲郎医師がコーディネーターとして、スマナ・バルア医師に伝えられ、そして、フィリピン国立大学医学部レイテ校（ＳＨＳ）につながれた。

わたしからの申し出は「伊波基金」として、サンバリ基金によって管理されることになった。
伊波基金設立にあたって、わたしから次のメッセージを伝えた。

日本国のハンセン病者は、不幸にも病名がハンセン病であるとの理由だけで、「強制隔離」という無期懲役刑に処されました。その法律は「らい予防法」と呼ばれ、判決の大義名分を「公衆衛生」に依拠し、病人たちの罪名は「ハンセン病」、刑期を「終世隔離」としました。人が人を辱め、多数者のために病人が棄てられ、そして、家族までいわれのない「汚名」の下で、人間としての尊厳まで否定されました。

病人とその家族を絶望まで追いやった「らい予防法」は、ようやく一九九六年に廃止されました。

日本国は二〇〇一年、「らい予防法」に依拠した隔離政策の過ちを認め、ハンセン病罹患者とその遺族に謝罪をし、被害を受けた人たちに賠償することを決定しました。

人は誰でも生まれたときから、存在する意味を持たされます。そして、誰もが公平で自由な夢を持ち、その実現へ向けて努力します。しかし、病は時として、多くの苦しみと涙を人に与えます。不安と肉体的苦痛や社会的挫折が、どのようなものであるかを、自分の身に経験した人々は、痛みや苦しみ、そして、悲しみを知る者です。だからこそ、自分以外の人には、決して、同じ苦悩を体験させたくないと望んでおり、わたしもそのひとりです。

この基金は伊波敏男に支払われた補償金によって創設され、基金からの奨学金は、フィリピン国立大学・医学校から推薦された学生に付与されます。

医学は人間を苦悩と挫折に追いやるものと闘い続けてきました。伊波敏男基金から奨学金を受ける者は、何よりも人々の命を愛し、人間を苦しめる病気に立ち向かう勇気と情熱を持って欲しいと、願っています。

二〇〇二・四・二一

二〇〇二（平成一四）年六月一〇日、金七〇〇万円が伊波基金設立のために送金され、わたしができる新しい仕事が動きはじめた。

「伊波基金」の運用は、AREA DEVELOPMENT BANK が当たっているが、以前から銀行家として社会貢献活動に取り組んでいたフィリップ・カマラ頭取は、伊波基金の発足に賛同して、銀行独自に二パーセントの利息を加算したのである。その結果、この基金は一〇〜一二パーセントで運用されている。

奨学生の選抜はフィリピン国立大学医学部レイテ校があたり、今まで基金から、六人の医学生が奨学金を受け学んでいる。そのひとりのチョナ・バリチュア（二一）さんは、すでに看護師としてクリオン島で、医療活動に従事している。彼女の活動ぶりについては、「「マブハイ」の国から」（朝日新聞〈大阪版〉二〇〇六・〇四・一七、〈東京版〉二〇〇六・〇五・

〇八）」で報道されたところである。

補償金残金の五百万円については、長野県内を講演活動に走りまわる車両の購入資金にあてられたが、広い長野県を走りまわるわたしの年間走行距離は、一万数千キロにも達する。現在、二代目の車両が活躍中である。

これまで長野県が、ハンセン病情報の空白地であったことや長野県独自の「ハンセン病問題検証会議」[*4]が動き出したこともあって、県内のハンセン病問題への関心が高まった。その影響だと思われるが、わたしが講演会に呼ばれる機会が増え、二〇〇〇年から二〇〇六年までの六年間の講演活動は二六三回を数える。今年もまた、信州の大自然を満喫しながら車で、走りまわるものと思われる。

人と人がつながり、善意が善意を呼び寄せ、まさに、「にんげんの連」そのものが、海を越え、一歩一歩と進み始めた。

＊1　二〇〇一年～二〇〇四年にかけて毎年一万人～一万二、〇〇〇人の看護師が海外に流出し、六、〇〇〇人以上の医師が海外での働き口を見つけ易い看護師の資格取得のために勉強をしている。
＊2　ＳＨＳは、一九七六年の開校以来三〇年間に、一八三七人の医療従事者を卒業させた。その内訳は一一四人の医師、二九八人の保健婦、六〇四人の看護師、一二三九人の助産師を送り出している。卒業生九〇パーセント以上が国内に定着している。
＊3　色平哲郎医師のホームページ（http://hinocatv.ne.jp/~micc/Iro/01 IroCover.htm）

＊4　平成一七年一月、学識経験者三名による「検証会議」を設置し、長野県独自の検証活動に取り組み、平成一八年三月に「報告書」を提出した。なお、同報告書は長野県のホームページで閲覧できます。
（URL http://www.pref.nagano.jp/kikaku/danjo/hansen/kensyo 2.htm）

【参考文献】

『本部町史（上）』本部町
『琉歌の研究』見里朝慶著　文教商事
『琉歌大観』島袋盛敏　博栄社刊
『浄土真宗　西法寺』住職の法話
『林文雄の生涯』おかのゆきお（新教出版社）
『林文雄遺稿集』塩沼英之介編
『星座』星塚敬愛園建設の記録（星塚敬愛園）
『日本ファシズムと医療』藤野豊（岩波書店）
『「歴史」のなかの「癩者」』藤野豊編・小林茂文・鈴木則子・後藤悦子（ゆるみ出版）
『倶会一処』多磨全生園患者自治会（一光社）
『隔絶の里程』長島愛生園者入園者自治会
『星塚敬愛園と私』井藤道子
『無菌地帯』大竹章（草土文化）
『日本らい史』山本俊一（東京大学出版会）
『らい予防法廃止の歴史』大谷藤郎（勁草書房）
『昭和七年事業成績報告書』癖予防協会編
『光田健輔と日本のらい予防事業』藤楓協会
『レプラ』七巻六号、二〇巻六号、二六巻一、二号、二八巻一、二号（日本らい学会誌）
「癩病の療法及び大風子油に就いて」『日本医界』二八七号

『癩患家の指導』昭和一一年度版・一二年度版（癩予防協会）
『ハンセン病医療ひとすじ』犀川一夫（岩波書店）
『中国の古文書に見られるハンセン病』犀川一夫（沖縄県ハンセン病予防協会）
『近代医療保健事業発達史』社会事業研究所編（日本評論社）
『健康と人類』S・レフ、V・レフ（岩波書店）
『衛生公衆衛生学』豊川行平編（医学書院）
『社会事業の歴史』吉田久一・高島進（誠信書房）
『イデオロギーとしての家族制度』川島武宜（岩波書店）
『家族制度――淳風美俗を中心として』磯野誠一・磯野富士子（岩波書店）
『社会学と福祉学』第一〇巻第一号、佐藤献（明治学院大学社会学会）
『移民史（中泊）』小波蔵清一
『黄金橋』仲田善明
『人間の住んでいる島』阿波根昌鴻
『伝統工芸技法大事典』上（東洋出版）
『伊丹万作エッセイ集・筑摩叢書一八〇』大江健三郎編（筑摩書房）
『小島の春』小川正子（長崎書店）
『島崎藤村』一現代日本文学館（文藝春秋社）
『お経　日蓮宗』渡辺宝陽（講談社）
『遥けくも遠く』朝日新聞大阪厚生文化事業団編
『ヒイラギの檻』瓜谷修治（三五館）

参考文献

『アフガニスタンの診療所から』中村哲（筑摩書房）
『ハンセン病と人権』ハンセン病と人権を考える会編集（解放出版社）
『夢をつらねる』岡部伊都子（毎日新聞社）
『「らい予防法」四十四年の道のり』成田稔（皓星社ブックレット・三）
『水と原生林のはざまで』シュヴァイツァー（シュヴァイツェル）、野村實訳（岩波文庫、一九八四年第三〇刷）、他に、浅井真男「水と原生林のあいだ」『シュヴァイツァー著作集I』（白水社）がある。

尊厳の棘《とげ》―あとがきにかえて

「夏椿、そして」を書いたのは九年前であった。まだ、国家賠償訴訟もましてや国による控訴断念も、胎動すらしていない頃だった。

国家と社会というものは、こんなにも簡単に人間の「尊厳」をはぎ取ってしまう。取り返しのつかない時間。すくえないほどの涙が流され、やっと「人権」の尺度で、ハンセン病に痛めつけられた人たちの「尊厳」が回復されはじめていた。

この国の未来に、ふたたび、人間の尊厳に棘を刺させないためにも「ハンセン病問題」を、時間の中で風化させてはならない。何よりも、わたしたち以外の誰にも、もうこのような苦しみをくぐらしてはならない。この思いは願いにも似て強くなるばかりである。

しかし、自分が生きてきた軌跡を消し去ることは誰もが望むはずはないのに、多くの者は、未だに身を潜めるように生きている。

ふたたび、映画、「エレファントマン」のシーンを思い返している。

群衆はジョセフ・メリックを追いつめる。そして、頭巾《ずきん》がはぎ取られた。プロメティウス症候群で変形した顔がアップになった。メリックの絞るような叫び声が響き渡った。

「No!」

「I am not an elephant」
「I am not an animal」
「I am a human being」
「Man！ Man！」

人は、いつの日か、生命の歓喜を謳《うた》いあげるための前準備として、幾筋もの涙が求められているのだろうか。もしこれが、人の世の理《ことわり》ならば、耐えられる。そうでなければ……。

季節がまわり、この大地に花が咲くように、人という花を、病や不条理や不当な仕打ちで枯らしてはならない。人は人という真水の中でしか花をつけられない。

わたしに、まだ置き忘れた物があることを教えてくれた、人文書館社主の道川文夫さん、ありがとうございました。

二〇〇七年　二月　小布施町・新生病院にて

伊波敏男

❖ 本書の元本は1998年、『夏椿、そして』と題して、日本放送出版協会（NHK 出版）より刊行されたが、後に品切れ（著作権返上）となっていた。著者の元に寄せられた、新版希望の多くの声や、ハンセン病市民学会設立など、ハンセン病問題の検証と偏見・差別の解消を図るための施策が求められている今日的情況を勘案して、新たな装本として、書名を改めて、小社より刊行することとなった。「ハンセン病問題」を風化させないことと人間の尊厳の回復という重い課題を考えるために、底本の大幅な補加筆・改稿を行ない、さらに新稿を加えて、編集を一新した。ハンセン病元患者の“人間回復”と“社会復帰”問題を考えるにあたって、本書が、その資となることを願っている。（人文書館編集部）

装画　根本有華
　　　カバー　「夏空に浮かぶ」
　　　大扉　　「ささげる花」

編集　道川龍太郎
協力　青研舎

伊波敏男

……いは・としお……

1943（昭和18）年沖縄県生まれ。

14歳からハンセン病療養所で生活を始め、沖縄、鹿児島、岡山の療養所での治療を経て全快。

その後、東京の中央労働学院で学び、1969年、社会福祉法人東京コロニーに入所。

1993年より約3年間、社会福祉法人東京コロニーおよび社団法人ゼンコロ常務理事をつとめる。

1997（平成9）年、自らの半生の記『花に逢はん』を出版、同年12月、第18回沖縄タイムス出版文化賞を受賞。

ついで、『夏椿、そして』を著し、ハンセン病文学を問い続ける。作家。人権教育研究家。

2004（平成16）年より、信州沖縄塾を主宰し、塾長となる。

以降、沖縄の近現代史を基礎から学ぶ特別講座を開講している。

主な著書『ハンセン病を生きて—きみたちに伝えたいこと』（岩波ジュニア新書）

『花に逢はん［改訂新版］』（人文書館）

〒386-1321　長野県上田市保野618-6

http://www.kagiyade.com/

ゆうなの花の季と

発行　二〇〇七年　五月一〇日　初版第一刷発行

二〇〇七年一一月二六日　初版第二刷発行

著者　伊波敏男

発行者　道川文夫

発行所　人文書館

〒一五一―〇〇六四

東京都渋谷区上原一丁目四七番五号

電話　〇三―五四五三―二〇〇一（編集）

〇三―五四五三―二〇一一（営業）

電送　〇三―五四五三―二〇〇四

http://www.zinbun-shokan.co.jp

ブックデザイン　鈴木一誌＋仁川範子

印刷・製本　信毎書籍印刷株式会社

乱丁・落丁本は、ご面倒ですが小社読者係宛にお送り下さい。
送料は小社負担にてお取替えいたします。

© Toshio Iha 2007

ISBN 978-4-903174-12-9

Printed in Japan

人文書館の本

＊幽けき此の人生／静かな感動

ゆうなの花の季と

生命の花、勇気の花。流された涙の彼方に。その花筐《はながたみ》の内の一輪一弁にたくわえる人生の無念。沈黙の果てに吐き出す小さき者の声。偏見と差別は、人間としての尊厳を奪い去る。苦悩を生きる人びとが救われるのは、いつの日か。

伊波敏男 著

四六判上製　定価二七三〇円

＊凛然と生きる／人間の尊厳とは何か。

花に逢はん［改訂新版］

ハンセン病という嵐に、翻弄されながらも、たしかに生きた半生が、いま静かに語られはじめる。苦悩と試練の道程、その四〇年を綴る、伊波文学の記念碑的作品。

第十八回沖縄タイムス出版文化賞受賞作品

伊波敏男 著

四六判上製　定価二九四〇円

＊明治維新、昭和初年、そして、いま。

国家と個人――島崎藤村『夜明け前』と現代

国家とは何か。人間の尊厳とは何なのか。狂乱の時代を凝視しながら、最後まで己れ自身を偽らずに生きた島崎藤村の壮大な叙事詩的世界を読み、近代日本の歴史的連続性を問い直す。

相馬正一 著

四六判上製二二四頁　定価二六二五円

＊独創的思想家による存在論の哲学

第十六回南方熊楠賞受賞

木が人になり、人が木になる。――アニミズムと今日

自然に融けこむ精霊や樹木崇拝の信仰など、民族文化の多様な姿を通して、東洋的世界における人間の営為を捉え直し、人間の存在そのものを問いつめ、そこから人生の奥深い意味を汲み取ろうとする。

岩田慶治 著

A5変形判二六四頁　定価二三一〇円

＊生きることを学ぶ、新たに。／生きること愛すること。

愛と無　自叙伝の試み

すべてこの世は一つの舞台。あるべきか、あるべきでないか、問題はそれだ。世界的シェイクスピア学者、日英に橋を架ける英文学者によるカトリシズム、叡智の言葉。

ピーター・ミルワード 著

安西徹雄 訳

A5判上製四二四頁　定価四四一〇円

定価は消費税込です。（二〇〇七年十一月現在）